さようなら、コタツ

中島京子

JN282917

集英社文庫

さようなら、コタツ

目次

へやのなか（短いまえがき）　6
ハッピー・アニバーサリー　13
さようなら、コタツ　37
インタビュー　71
陶器の靴の片割れ　97

ダイエットクイーン　131
八十畳　159
私は彼らのやさしい声を聞く　183
解説　伊集院 静　216

へやのなか（短いまえがき）

　二十代で初めてひとり暮らしをした部屋は、中野車庫のそばの三階建てアパートだった。海抜が低いらしく、台風が来ると必ず大水が出て、バス通りが川のようになるのを、三階のベランダからのんびり眺めたのを思い出す。

　困ったことに、ある日突然鼠《ねずみ》が出た。ポテトチップスのアルミ袋に五百円玉くらいの穴があいて、中のチップスがさらわれていったときは驚愕《きょうがく》した。ちょっと見にはまだ封を切っていない袋のように、自然なふくらみまであるのに、中は半分くらいに減っており、そして中身の出ていった穴は五百円玉大。

　すると鼠はまずあの歯でカリカリと袋に穴をあけ、ちょっとずつ袋を傾けては中身を取り出したのだろうか。

それとも彼らの体はあの穴をすり抜けられるほど小さかったのだろうか。

いったいどこから入り込んだのだろうと恐怖におののいて数日を過ごしたが、これもたしか台風が席巻した夏のことで、暴風雨は鼠たちも恐ろしいのか、天井裏を狂ったように駆け回り、雨風よりも鼠一家の音で眠れなくなってしまった。幸か不幸か実物の鼠と対面することなくそのアパートを出たが、そのときあの部屋でずいぶん長い時間をいっしょに過ごした恋人とも別れることになった。

小石川に引っ越して、それからもかなりの月日が経った。もう十年以上いるけれど、途中で一回アメリカ西海岸に住んだこともあって、子どものない若い夫婦の家に居候をしたり、同世代の女性三人で運河沿いの一軒家を借りて暮らしたりした。

夫婦は日本びいきで、私を住まわせてくれた客用寝室の壁には女物の浴衣が踊るような姿で貼りつけられ、「笑う門には福来る」と達筆で添えられた恵比須《えびす》様の絵もかかっていた。

これまで暮らしたどの部屋にも、鼠や恋人ならずとも、いろんな人がやってきた。

そこはどこよりもくつろげる空間だけれども、意外にドラマティックな場所でもある。あの部屋で、あるいはこの部屋で、起こった出来事の記憶をたどっていくと、泣きたいような笑いたいような不思議な気持ちになる。

長いこと雑誌の記者をしていて、有名無名を問わず、いろんな人の部屋を訪問した。インテリアの取材だったり、人生でいちばんつらかった体験を聞きに行ったり、家計簿を見せてもらったりした。おしゃれなのも散らかったのも、お金がかかっているのも貧乏そうなのもあった。暮らしている人たちの家族構成もまちまちだ。当たり前のことだけれど、二つと同じ部屋はなかった。間取りがいっしょでも住んでいる人が違えば、部屋の中はまったく違うのだ。

そうこうするうちに、自分の中に「部屋」のストックが溜《た》まっていき、しかもいつのまにか境界なく混じり合い、パーツや色が変わったりして、そのうちまったくオリジナルとは似ていない、新たな部屋がいくつもできてしまった。そしてその部屋に似つかわしい人物も暮らし始めた。

その人々と彼らが住む部屋と、そこで起こった出来事を書いてみたくなったのは、そのさまざまな人物が、それぞれ、やはり泣きたいような笑いたいような記憶を、その部屋に持っているような気がしたからだ。

この短編集には、老人が暮らす部屋も、子どものいる家も、独身女性のマンションも、結婚間近の男が住むアパートも出てくる。

部屋の数だけ人生はある。（部屋のない人の人生というのもあるけれども）
だからこの短編集の裏タイトルは、

へやのなか

である。

さようなら、コタツ

ハッピー・アニバーサリー

その夜を、由香里は園子と、由香里の父親である松田清三と三人で過ごした。

実際、六十八歳の松田清三は、もはや都会で自分の人生を謳歌《おうか》している娘にとっては、完全に招かれざる客だったが、そんなことにはおかまいなしに清三はやってきて、いつのまにか鍵を開けて部屋に入り、テレビのサッカー中継を見ながら、二本のロング缶ですっかりできあがってしまっていた。

何週間か前に、由香里の母親が東京で同窓会があるからと泊まりがけで遊びに来たとき、由香里は翌日の朝が早かったので母に合鍵を渡して、「出るとき、鍵閉めたら、その鍵を新聞受けからおっことしておいて」と指示しておいたのだ。

ところが、すっかり忘れて母が鍵を持ち帰ってしまい、その後しばらくしてなんとなく居心地悪くなったので、「返してよ」と電話をしたら「お父さんが出張で羽田を通るから、ちょっとあんたんちによって鍵を新聞受けに入れといてもらうわ」という話になった。

鍵を持たされた父はこの日、容赦なく上がりこんでいたということになる。

由香里と園子は週末の金曜日、少し仕事を早めに切り上げて出かけ、食事を外でした。

二人は「ｓｏｎｏ－ｙｕｋａ」というブランド名で手作り雑貨を作り、都内の雑貨店やインターネットを通して販売していた。正確には、その仕事をスタートさせて一年目の、この日はアニバーサリーだった。

二人ともほかにアルバイトをしていたが、いつかは二人の店を持ち、自分たちの作品だけで食べていくことができるようになりたいと夢見ている。

中目黒のエスニック・レストランでごはんを食べて、そのあとお気に入りのカフェに入ってのんびりと話し込み、由香里が園子に外国の絵本を数冊、園子は由香里に輸入雑貨屋で見つけたきれいなオレンジ色のティーケトルを贈り、二人してじゅうぶんにハッピーな気持ちになった。

そういうわけで、二人はその日も熱く夢を語り合い、ぽってりした粉引きのお茶碗《ちゃわん》で供せられるワインでぽーっと体も熱くなり、あとはなんだかいい気持ちでベッドにもぐりこむことを想像しながら、猫がじゃれあうようにして、部屋に戻った。

アパートの外階段を音を立てて上り、鍵穴に鍵を入れて回すと、困ったことにドアが開かなくなり、反対側に回すとカチャリと音がして戸が開いた。

中から明かりが洩《も》れ、「おーっう！」というむさくるしい声も聞こえ、テレビの音がサッカーの中継であることに気づくと、二人は眉間《みけん》にぎゅうぎゅう皺《しわ》を寄せて、お互いの顔を見合わせた。

「なんだ、由香里か。帰ったのか」

そういう大きな声がして、由香里が部屋に入ってみると、真っ赤な顔をした松田清三が、うれしそうに頰《ほお》をゆるめて折り詰めのようなものを持ち上げ、ひらひらさせた。

「お父さん、ちょっと上がってたぞ。由香里、飯は食ったのか。お父さんなあ、大須磨の弁当、買ってきたから」

ひらひらさせたのは、父の好物・大須磨の幕の内弁当で、ビールの缶の隣には、すでに平らげられた弁当が一つ転がっていた。

ポップな色調のカーテンや、作家ものの陶器とガラス器、シルバーのエレクターシェルフに見栄えよく飾りつけられた外国の食品パッケージといったものが並ぶダイニングの奥にかかったビーズ製の間仕切りから、ぬっと顔を出した六十八歳の清三は、そのよく整えられたガーリッシュな空間に、あまりにも似合わなかった。

由香里はちょっと泣きそうな顔をして園子を見た。

園子が「帰る」と言うのではないかと思ったのだ。

昨年のクリスマス、四月の園子の誕生日に続き、二人にとっては三回目のイベントごとだったし、これから朝まで楽しく過ごすつもりだった。

だから、この場で園子に立ち去られ、父親といっしょに部屋に残されるという情況は、頭からバケツの水をぶっかけられるに等しい行為だと由香里は思った。

とはいっても、父親と園子と三人で夜を過ごすというのも、とてつもなく変なことに思われた。

だいいちそんなメンバーでなにをすればいいというのか。

しかし、酔っ払った父を外に叩《たた》き出すにはもうかなり遅かったし、「タクシーでも拾って、どっかのビジネスホテルにでも泊まってくれ。私と園子の時間を邪魔しないでほしいのだ」などということは、口が裂けても言えなかった。

躊躇《ちゅうちょ》する由香里を尻目に、園子はずんずん部屋に進入した。

「おう、来たか。由香里」

と、三本目の缶ビールを掲げる松田清三にたいしても、「こんにちは、お父さん。私は由香里さんの友だちで、いっしょに雑貨を作っている竹本園子というものです」と、ほがらかに挨拶《あいさつ》をした。

「ああ、まあ、こりゃ。娘が、いつもお世話になっております」

と、酔った清三は、正座しなおして頭を下げたが、「いやいやもう、お父さん。そんなのされたら困ります。足、崩してください」と、そつなく対応する。

それから父親と園子は、「オッシ、オシオシ、行け！」とか「オーッ」とか、「ガー、残念」とか、「惜しかったね〜いまの」とか言いながら、地球の裏側で行われているサッカー中継を観戦した。

由香里は、弁当を手に、どうしたものかとぼんやり立ち尽くしていたが、ダイニング・テーブルの上にその折り詰めを置いて、テレビのある部屋に移動し、二人の後ろに腰を下ろした。

結局サッカーの試合は、二人が応援していた地中海の国が勝ったので、松田清三と園子は、「やったーっ」とこぶしを振り上げ、感激をあらわにした。そして、酒が足りないということになり、園子が「じゃ、ちょっとコンビニで調達してくる」と立ち上がると、「そんなこと、園子さんがすることない。由香里、おまえちょっとビールでも買ってきてくれ。お父さん、お金ここにあるから。チーズかまぼこみたいなのとか、なんかあったほうがいいな」と、松田清三は、ポケットから二千円を差し出した。

やだな、酔っ払ってるよ、と由香里は思って面食らったが、「じゃ、二人で行こ」とまた立ち上がりかける園子を、「いいから、園子さんは、ここに座ってればいいから。由香里が行ってきます」と松田清三はひきとめにかかり、雑貨アーティスト・ユニットは目で合図を送りあって、しょうがないから由香里が一人で出かけることになった。

由香里がいない部屋で、清三はちょっとゆらゆらして寝そうになったり、それからまたしゃきっと起き上がって「これはどうも。娘がお世話に」と、思い出したように挨拶をしたりした。

「由香里さん、小さいとき、どんな子だったんですか？」

園子は、ちょっと眠りかけの老人に、そんな質問をした。

園子と由香里は三年前に知り合って、一昨年からいっしょに活動しているのだが、お互いの家族に会ったことがなかったし、なんとなくこれからも会わないのではないだろうかと思っていたのだった。

たとえば創作ユニット「ｓｏｎｏ－ｙｕｋａ」の個展会場に、親族が現れるようなことは、ありえない話ではなかったし、なぜ「これからも会わない」などと思い込んだのか、あまり現実的ではないが、お互いに「会わせよう」という気がまったくなかったのだから、偶然以外にこういうシチュエーションが生まれることはないはずだった。

けれども、もし由香里の父親や母親や、兄、という人物に会う機会があったら、訊《き》いてみたいと思っていたことは、いくつかあった。

しかも目の前の由香里の父親は半分意識を失いかけていて、園子が何者かなどということには一切関心がないようなのも、園子の気持ちをラクにさせた。

「由香里。由香里の小さいときですか。由香里の小さいときは、あれはたいへん小さかった」

そう言うと、清三はまたゆらゆら寝かかったので、園子は「なんだか落語でも聞いているようね」と思った。

「由香里が小さいときは、うちは商家ですから、働いてまして、私も女房も忙しかったから、あんまりかまってやりませんでしたが、なにしろ店先で女房が機《はた》を織ってましたから、見よう見まねで、そんなことをするのがうまくなったんでしょう」

園子には、それは初めて聞く話だった。

たしかに実家は桐生《きりゅう》の帯屋だと聞かされたことがあったが、帯がその場で織り上げられて人手に渡るシステムというものを、想像したことがなかったのだ。

「すべての帯を女房が織るというわけではないのですが、織屋さんにこういうものを、と依頼するときに実物がないと困るので、商品見本のようなものをね、こちらで作って渡すんです。それを店先でやってますと、お客さんも来て、子どももそこらを駆け回っていまして、ずっとそういうようなことでやってましたんですが」

もうそういうのはやりません、もうだめです、と、あくびといっしょに清三は言い、またぱったりと首を落として、スースー息を立てて寝始めた。

話し相手がいなくなってしまったので、園子は見るともなしに由香里の部屋を見回したが、雑貨を作っているわりには、由香里の部屋にはファブリックが少なかった。太いロールに巻かれた布や糸や、足踏みミシンまでがどんと狭い部屋を占領している園子自身のものと違って、由香里のところはすっきりしていた。

もちろん二人の仕事部屋が、２ＤＫの園子のマンションであるせいもある。

もうずいぶん前からすべての作業は園子の部屋で行われていて、半年くらい前からは、由香里の部屋で食事をし、睡眠をとり、朝ごはんを食べて自分の部屋に出勤することもある。もちろん由香里が園子の部屋に泊まっていくこともある。

園子はつぶれて眠ってしまった松田清三を見る。

どこか由香里に似ているところがあるだろうかと思ってみるのだが、うつむいて、顔をくしゃくしゃにつぶすような姿勢で寝ているので、よくわからない。

恋人の父親だと思うと、少しいとおしいような気もした。

しかし、こうして二人の生活空間に、突然こういう人が入り込んでくるようなことが今後も続くのかと思うと、それはそれで困るようにも思った。

「由香里が一年生のとき、障害物競走をいっしょに走って、一等賞になったことがあります」

突然、起きて清三がそう言ったので、園子はびっくりした。寝たり起きたり、妙に自由自在な人物である。

「由香里さん、小さいとき、どんな男の子が好きだったんですか？」

「さーあ」

この質問には彼はまったく反応を示さなかった。

「由香里さんは、ちっちゃいとき、どんなことするのが好きでしたか？」

無言。

「由香里さんは……」

「ああそこに、大須磨の弁当があるからね。あれはうまいから」

父親の好物は、どうも大須磨の弁当らしいと、園子にも見当がついた。

清三が何度目かのうたたねを開始すると、園子は立ち上がってダイニングに行き、丸テーブルの上にぽつんと置かれた、十字に紙の紐《ひも》がかけられてつるして持てる形になっている四角い包みを見下ろした。

大須磨という名前は、デパートで見かけたことがあったが、グルメ記事で取り上げられるような、ひどくうまいと評判の弁当、というわけではなさそうだった。賞味期限の書かれたラベルには、羽田空港店、というスタンプが押してあった。

これのどこが、そんなにも松田清三をひきつけるのか、園子にはちょっとわかりかねた。

しげしげと折り詰めを見つめていると、カチャリとドアが開いて、由香里が帰ってきた。

「どうしたの、おなかすいた？　いいよ。よかったら食べて」

と、由香里は言った。

父親のリクエストに応じて、缶ビールとつまみ類を買ってきたのだが、部屋の奥を見るとその父は、半分崩れそうな姿勢で眠っているようだった。

「ごめんね、来ちゃうなんて、知らなかったもんだから」

そう、力なく言う由香里に、園子はううん、と首を振って見せ、ちょっと話をしたんだよ、お父さんと、由香里がちっちゃいときのこととかさ、と笑って言った。

「あんまり覚えてないんじゃないの？　仕事しかしてなかったから」

「そんなことないよ。障害物競走で一等になったこととか、覚えてたよ」

「それは兄貴よ。ごっちゃになってるの」

「泣き虫だったとか、言うかと思った」

「覚えてれば言ったんじゃないの？　泣き虫だったもの」

そう言うと二人は、お互いの顔を見てくすくす笑った。

園子も由香里も、ビールを飲む気にはならなかったので、コンビニの買い物は袋ごと冷蔵庫にしまわれる形になった。折り詰めも冷蔵庫に入れようかと手を伸ばしてから、

「でも、硬くなっちゃうし、明日になったら食べる気になんないよねえ」

と、由香里はめんどくさそうに、言った。

幕の内弁当は、こうしてもうしばらくのモラトリアム期間を得、あいかわらず丸テーブルの上に座ったままになった。

「お父さん、寝ちゃったけど、どうする？」

「どうしよう。園ちゃん、どうする？　泊まってくでしょう？」

「電車もうないからね。飲んでてだるいしさ。泊まりたいけど」

「あそこに布団敷いて寝かして、あたしたちはいつもみたくに寝ればいっか」

「でも、それ、お父さん、びっくりするかなあ」

「あたしと同じベッドで寝てるよりは、驚かないんじゃないの？」

そんなことを二人が話している合間にも、奥の部屋の清三は、体ごとゆらゆら、ゆらゆらさせて、ときになんだか寝言のようなことを言ったりした。

「由香里のうち、帯屋さんで、店先でお母さんが機織ってたんだって？」

そう園子が言うので、由香里は久しぶりに生家のその光景を思い出した。

玄関は店も家もいっしょの、磨《す》りガラスを張った引き戸で、学校から走って帰ってカラカラと音をさせてそれを開けると、土間に置いた織り機に母が腰掛けていた。

土間は左側で、右は上がりかまちになっていて、ここにはお客さんが座って、帯や反物を広げてみることがあるから、上がりかまちというより、ちょっとした接客のための板の間みたいなものだった。季節に応じて織と柄の違う帯が、二本ほど衣桁《いこう》に掛けられている。

土間が切れるところまでで、その板の間はおしまいで、奥は絨毯《じゅうたん》を敷いて応接セットや事務机を置いた、父親の仕事場になる。

お客さんは板の間で品物を見ていたり、集金用の黒い皮袋を持って布張りソファに座り、父と世間話をしたりしていた。いつも誰かが来ている家だったので、両親にとくにかまわれることもなかったが、まったくかまわれないということもなかった。毎日、学校以外の時間は、彼らといっしょに過ごしていたのだ。

ほんとうに賑《にぎ》やかだったのは、由香里が小学校の低学年だったころまでで、その後はお客さんが店に座り込むこともそう多くはなくなり、それまで毎日毎日追われるように商品見本を作っていた母が、織り機に座っている姿もそう頻繁には見かけなくなった。

由香里が家にいる時間じたいが、年齢が上がるに連れて減っていったわけで、父と母の働いている姿を見なくなったのは、商売の成り行きだけの理由ではなかったのかもしれない。

ぱたん、ぱたんという、あの音は、もうずいぶん遠い記憶の中にだけ響いている。

「これ、父親の好きなやつ。東京で業者の会合があると、どうしてだかこれが出るらしくて、夜遅く帰ってくるとき、よく持って帰ってきた」

そう言って、由香里はほろ酔い機嫌で帰宅する父が手に提げていた包みを思い出す。たしかに同じ柄の紙で包んであって、同じ赤い紐でくくってある。

「おいしいの？」

「ふつう。赤い背のかまぼことか、甘く煮たしいたけとか入ってる」

奥の部屋ですやすや寝息を立てている父親は、なぜこの弁当がかくも気に入っているのだろうか、と由香里は考えてみる。

それは、彼の仕事が順風満帆で、同業者の宴会が東京で持たれたりして、威勢がよかったころを思い出させるからなんだろうか。

「食べないでしょ？」

と、由香里が聞くと、食べようかな、と園子は答えて、白地に若葉模様が印刷された縮緬《ちりめん》風の包み紙を開き、中に銀紙を貼りこんだ、竹の皮を模した長方形の箱を取り出して蓋《ふた》をとる。しいたけ、れんこん、鶏肉、たけのこ。花の形のにんじん。桜でんぶ。型押しされた白いごはんに、ごま塩。やたらとピンク色の漬物。鮭と揚げたちくわ。

「食べるの？」

と、由香里が聞くと、うん食べる、と園子は答えて、箸《はし》を持ち上げた。

「うちね、実家ね」

これでお茶淹《い》れるわ、と、由香里はさっき園子にもらったばかりのオレンジ色のティーケトルを洗って水を入れて火にかけながら話し始める。

「店、閉めたの。家も売るの。父も六十八だからね。定年よ」

「ふうん。それじゃあ由香里は、わりに遅くなってできた子どもだったんだね」

と、園子はキッチンに立つ由香里を見ながら言った。

お茶を淹れ始めた由香里は、こんなふうに自分の新しい仕事の一周年記念の日に、父親がやってきたことに何か意味があるように思えて、どうしてだか胸がつまりそうになってしまった。それまでそんなことを、考えたこともなかったのに。

松田清三はこの日、出張先のベトナムから帰ってきたところだった。

商売が昔ほど順調ではなくなった九〇年代に、清三はある決断をした。

織の製法をベトナムの技術者に伝授し、国内より安価に、品物を作って流通させるというアイディアだった。製作費用の問題だけではなくて、職人が高齢になってしまったり、亡くなったりしていて、このままではかつてのような商売のやり方を続けてはいけないことはたしかだった。

それでも他の同業者は、コンピュータを導入したりして時代の波を乗り越えたのに、うちはうまくいかなかったねえ、と心の中で由香里は父親に呟《つぶや》く。

コストダウンして、安価な品物を提供しようとしても、それで売れ行きがよくなることはなかった。デザインが古かったのかもしれないし、そもそも帯を買うような人々は、値段そのものにはそうこだわらない人たちなのかもしれない。いずれにしても、松田清三の決断が、日の目を見ることはなかった。

由香里の父親は今週ベトナムに行って、世話になった現地の織物業者に会い、契約の更新ができないことを告げてきたのだった。

ベトナムの人はやさしいね。心が通じるんだよ。織の製法も熱心に勉強してくれるよ。手先も器用だしね。長くいっしょにやっていけるような気がするよ。

正月休みに帰省した折、父がそんなことを言っていたのは、何年前のことだったろうか。

松田清三が仕事で羽田を通るのは、もうこれが最後だった。

だから東京の娘の部屋に立ち寄るのも、由香里がわざわざ呼ぶようなことがなければこれで最後になるだろう。

そもそもいままで何度か東京に仕事で出る機会があっても、娘のところに来たことなど一度もなかったのだから、これが最初で最後になるわけだ。

沸騰した湯を、湯冷ましに注ぎ、茶筒から二杯の緑茶を出して口のとがった急須《きゅうす》に入れ、しばらくおいて湯冷ましの湯をそそぎいれ、白いそば猪口《ちょこ》のような形の碗にお茶を淹れる一連の動作の中で、由香里はぼんやり父親のことを考えた。

さっきから自分をとらえている感覚はなんだろうと、部屋の奥の男とダイニングで立ち働く恋人を、かわるがわる見ていた園子は、自分の心に宿った気持ちを、言葉にしかねている。

もともと園子はさっぱりした性格で、あまり人と深く関わりたがらない。由香里とはなぜだかひどく気が合ったので、こうして仕事もいっしょにしているし、いつのまにかつきあうようにもなったが、ほぼ毎日いっしょに過ごすようになっても、独りでいたいと思うこともある。

由香里は女らしい性格なのか、今日はどこへ行くの、うちに来られそう、いっしょにどこそこに行かない？　と提案が多い。出かければ楽しいし、趣味も合っているから二人で行動するのは嫌いじゃないけれど、何もかも二人の予定に縛られていると思うと、園子は窮屈になってしまう。そのことで二人はときどき、小さなケンカをする。

いっしょに暮らそう、と由香里に言われたことが何度かある。なんとなく、それに近い状態に、もうすでに二人はなっているのだから、このままでいいんじゃないかなと園子は思う。

そう園子が思っていることを知っているから、由香里も無理にそれ以上どうしようとは言わない。これが二人にとって居心地がいいのだと、園子は今日の今日まで考えていた。今だって明確に「違う」とは言い切れないが、由香里の「いっしょに暮らそう」には、もうちょっと別の意味があるのではないかと、ふとそんな気がしてきたのだった。

「べつにこれ、なんてことない弁当だね」

園子はわざと明るい調子で言う。

「おいしくも、まずくもないでしょ」

「ま、おいしいけどね。おいしいよ」

やっぱりもっちりした米の飯を食べなきゃね、さっき食べた生春巻きだとかエビのすり身団子なんていうのは前菜だよ、けっこうおなかすいてるもんだね、由香里も食べたら？　と言いながら、園子はぱくぱくと幕の内を口に運ぶ。

緑茶の入った茶碗を手作りコースターにのせて差し出しながら、由香里がじんわりと涙を溜《た》めている様子を、園子は目撃する。

「どうしたの？」

「なんか、あの店、なくなるんだと思うとね」

「あの店って、実家のこと？」

「うん」

それでってだけじゃないけどさ、と由香里は言って、気にしないで、と言おうとして言葉が詰まって出てこなくなった。

「由香里」

園子は立ち上がって、由香里に寄り添い、肩を抱く。

「心配しないで。私たち、これからもずっといっしょだし、仕事もいっしょにやっていくし、お父さんたちが安心して老後暮らせるくらいのことは、なんとかできるって。そういうこと、考えなきゃいけない年になったんだよ」

そう、突然、園子が真面目《まじめ》に話し出すので、由香里はびっくりして泣くどころではなくなった。

「今年一年準備して、来年には小さくてもいいから店出そう。由香里はうちに引っ越してきて、その分の家賃を店のほうに回せば、なんとかなるって。だいじょうぶ。みんなうまくいくから。二人でやれば、うまくいくって」

夢とうつつを行き来していた松田清三は、この会話を聞いて頭を混乱させた。

奥の部屋は、清三のボキャブラリーでは「のれん」と名指されるところの、暖色系のビーズを使った間仕切りでダイニング・キッチンから隠されていたが、キッチンの白熱灯のオレンジ色の光を通して、娘たちの姿が夢の中のなにかのように、清三の目に映った。

娘たちは抱擁を交わし、キスをしているようだった。

清三は自分の目をこする気にもならなかった。

東京オリンピックの年に、独立して店を出すとともに結婚したことを、清三は唐突に思い出した。店を出すんだ、というのと、嫁に来てくれ、というのは、清三には同じ意味で、それから夫婦二人で苦労して、店を大きくしたことを思い出した。

ひょっとしたら、そんな清三の思い出が、幻覚を見せているのかもしれないと、娘の部屋でだらしなく上体を崩し、足をがにまたに折った清三は考えた。

それからもう一度薄目を開けて、ダイニング・キッチンのほうをいぶかしげに眺めたが、長い長い抱擁とキスの後の、満足げなため息が聞こえ、衣服が擦《す》れる静かな音がして、なにかが起こりつつあるのを清三は察した。

「だめ」

囁《ささや》き声でそう言ったのは、自分の娘だったか。

そのあと清三はまさに、まんじりともしなかったが、目だけはかたく、かたくつむって開かずに、自分の想像力に禁止令を発動した。

そして、なんとかして桐生の我が家を思い浮かべ、店を駆け回る小さな娘を想起しようとした。店を持って二年して毅が生まれ、それから六年後に由香里が生まれ、あのころ我が家は目が回るほど忙しくて、そして……。

それから清三は向こうの部屋で、こんな会話がなされるのを聞いた。

「お父さんが起きちゃう」

「だいじょうぶ。ぐっすり寝てる」

「急にいっしょに暮らそうなんて言うから」

「だって、前からそう言ってたじゃない」

「あたしは言ってたけど、園ちゃんは考えてないと思ってた」

「考えてたよ」

ほんとうはたったいま、園子は由香里の父親を見て考えたのだった。

この父親に代わって、自分は彼女を守っていかなくてはいけないような気が、突然したのだった。

「考えてたよ。これからずっと、ずっと、私たちは二人で生きていくんだよ。うちはもう、母親しか残ってないけど、お互いに親が年取ったら介護だってあるんだしさ。

いろんなことをいっしょにやっていくんだよ。そういうことを、考えてたよ。とにかく、いま、考えてるよ、私は」

「園ちゃん」

「由香里」

松田清三は、壁にもたせかけていた背を、ずるずるとずらして、とうとうどたっという音をさせて畳に寝転ぶ形になった。

娘たちは、少しだけその音に反応して、暖色ビーズの間から二人して顔を覗《のぞ》かせたが、清三がごろんと寝転んだのを見て、完全に寝入ったと誤解したのか、すぐにぱらぱらと音をさせてビーズを降ろし、また向き合ってお互い見つめあう姿勢に戻った。

母さん！　と清三は心のうちで呼んだ。

妻の初枝と結婚して四十年が経っていた。

結婚した年、初枝は二十三歳で清三は二十八歳だった。東京オリンピックの次には、大阪万博があった。店は経済成長とともに発展した。翳《かげ》りが見えてきたのは八〇年代だった。苦戦を強いられた。九〇年代には大きな決断もした。それもすべて終わる。世界はものすごい勢いで変わってしまって、変わらないのは大須磨の弁当くらいなものだ。

いま、目の前で起こっていることを、帰ったら、あんたにどう話したらいいんだ、母さん！

しばらくするとそれでも、清三の混乱に諦《あきら》めと安らぎのようなものが同時にやってくる。眠り、というものが、清三を救いにやってきたのだ。

熟睡しているらしい酔った父親を、由香里が脇を抱えてダイニングに一度ひっぱってきて、その間に園子がベッドの横に来客用の布団を敷いた。

それから園子が足を、由香里が脇を持って父親を担ぎ上げ、布団に下ろし、肌がけで覆った。

大仕事を終えると、二人はさすがに眠くなって大あくびを交わし合い、順番にシャワーを浴びてパジャマに着替えて歯磨きをし、シングルベッドに二人で横たわった。

「おやすみ」

と、二人同時に言った。

「ハッピー・アニバーサリー」

と園子が言った。

翌日、松田清三は五時半に目覚めた。

老人の習性で朝が早いのだった。

清三は、畳の部屋に置かれたシングルベッドの上で、娘とその恋人が身を寄せ合い、手をつなぐようにしてやさしい寝息を立てているのを見た。

じーっと、一分ほどその光景を見つめると、思い出したように首と肩の関節をごきごき言わせて回した。

それからまた、娘たちの寝姿に目を落とした。

窓からは都会の朝日が入ってきた。

ちょっと眩《まぶ》しそうに目をすぼめて、太陽のほうを仰ぎ見ると、もう一度眼差しをベッドの上に戻して、焦点が、合っているとも、合っていないともつかない微妙な眼差しで、清三は二人が寝入っているのを眺めた。

そして、几帳面《きちょうめん》な清三は、娘の出してくれた布団をたたんで部屋の隅に置き、かばんを取り上げてダイニングに移動した。

電話機の傍にあったメモ用紙と鉛筆を取り上げ、なにか書き置こうと思ったが、なにをというのも思いつかなかったので、帰ります、とだけ書いて、部屋の鍵を置いた。

外へ出ると、チュピ、チュピ、という小鳥の鳴き声がして、踏切の警告音が鳴っているのも聞こえた。

私鉄の駅までは、そう遠くないようだった。

さようなら、コタツ

今朝、梨崎由紀子は十五年間使っていたコタツを捨てた。

地域の粗大ゴミ収集トラックが、裏に緑のフェルトを張り込み、表面はニスがところどころ剝《は》げている六十センチ四方の板と、赤いコードをつけた折りたたみ式の卓を載せて、来た道を帰っていくのをマンションのベランダから眺めた。

さようなら、コタツ。

あれがあった十五年もの間、部屋ではなにも起こらなかった。

あたりまえじゃないの、お姉さん。冬ばかりか春も夏も、コタツを卓袱台《ちゃぶだい》代わりにしているなんて。そんな部屋に男が寄り付くわけがないじゃないの。

そう、妹に責められ続けて何年が過ぎたか。部屋に男性が入って、食事をしたり、それ以上のことをしたりしたことがなかったのが、すべてコタツのせいとばかりは言えまい。

捨てたものは、コタツだけではなかった。引っ越しの前に、大学入学時に買ったシングルベッドを処分した。やはり大学に入るときに、便利だからと母に持たされた鏡台も、別のものを買うからと実家へ送り返した。

ひと月前に契約をして、引っ越してきたのは十日ほど前だ。大急ぎでダンボールを解《ほど》いて、買ったばかりの家具にこまごましたものをてきぱき収納した。学生時代から住んでいたアパートを引き払うのは、由紀子には勇気のいる決断だった。買い物をするのは下手だが、貯蓄をするのは得意という保守的な性格ゆえに、小金が貯まっていたからできたことでもある。あのまま、あそこにいるわけにはいかなかったのよ、と由紀子は考える。変化が必要なときってあるの、と。

ふんわりとした南風が吹き、ベランダの由紀子は、パジャマの上に引っ掛けた薄手のカーディガンの前を左手でかきあわせ、右手で乱れる髪を押さえる。十二階の由紀子の部屋から、眼下に望める都立公園の池に、陽光が反射してきらきら光るのが見えた。鴨《かも》がすいすいときれいな線を水の上に引きながら移動し、池にかかる小さな橋の下をくぐり抜ける。ゆったりとその軌跡を消していく水面を見ていると、含み笑いがこみあげてきた。雲の間から柔らかい陽が射してきて、まだ少し眠気の残る頭で欄干にもたれていると、そのまま陽だまりで眠り込みそうな気がした。

しかし眠るわけにはいかない。今日はすることがたくさんある。

由紀子の三十六回目の誕生日なのだ。だから、部屋をきれいにして、花を飾って、ちょっと豪勢な食事の支度をする。そのために有給休暇をとったのだ。

それだからお姉さんはだめなのよ、と妹は言うだろう。

誕生日などというものは、優雅に朝寝坊を決め込んで、起きてゆったりとシャワーを浴び、化粧をし、爪《つめ》を磨いて、男が車で迎えに来るのを待って出かけるものだ、そういう女に対してでなければ男はけっして金を使おうとしないし、女をだいじに扱おうともしないし、結婚を申し込んだり、またその次の誕生日に贈り物をしようと思ったりしないのだと、結婚を申し込まれた回数のいやに多かった妹が言うのだから、それはほんとうに違いない。

それはそうだろう。だからといって、妹の言うような態度で一日を過ごせばおのずから幸せが降ってくるというものでもない。現に何年か前の誕生日は、前日エステにまで行って、磨き込んで朝から待っていたが、誰からも電話がなかったではないか。だいいち、誕生日当日に電話を待つことじたいばかげている。

そんなことを思い出しながら、由紀子はふ・ふんと笑った。

シリアルの朝ごはんを食べて、朝刊を読み、それから歯を磨いて、パジャマを脱ぎ、同じくらいラクな格好に着替えた。居間の床に置いた大きなクッションに身を沈めながら、読みかけの小説のページを繰り、紅茶を飲む。だらだら過ごしていたら、ピンポンと玄関のベルが鳴った。ドアを開けると背の高い男が二人、大きな荷物を壁に寄せかけて、立っていた。

屈強の男たちは、寝室にセミダブルサイズのベッドを運び込むと、帽子を取って挨《あい》拶《さつ》をして帰っていった。

そうよこれよ。朝から由紀子が待っていたものはベッドだった。

これが来るから、めったに休暇を取らない由紀子が有給を申請したのだし、これが来るから朝から華やいだ気分が去らないのだった。

由紀子は真新しいベッドの、白いマットレスにかけられたビニールを破いた。それから、かねて用意しておいたリネンを使って、ベッドメイキングを始めた。リネン類がばさばさいう音と、ふぅふぅという由紀子の息遣いが、耳元で響き、遠く、どこかのマンションのベランダで、陽に干した寝具を叩《たた》く音が聞こえた。

パイン材の簞笥《たんす》、新しく買った鏡台と椅子、そして白のリネンで化粧されたセミダブルサイズベッドが、由紀子の寝室の新しい構成メンバーとなった。

由紀子はしばらくの間、にこにこしてベッドをみつめていたが、急に何を思ったか、威嚇《いかく》するくまのように両手を上げ、「どーん」と自ら口に出しながらベッドにうつぶせに倒れこんだ。それからくるりと仰向けになり、ぽぉん、ぽぉん、と腹筋を使って身を弾ませた。

ベッドスプリングはみごとに、朝からの気分を反映してみせたが、ぽんぽんしながら壁掛け時計を見ると、今度はひどく険しい顔になって、由紀子は起き上がった。

こうしてはいられない。時間はみるみる経っていく。山田伸夫は九時ごろにやってくると言っていた。九時まであと十時間しかない。やることは山ほどあるのに。

今度うちに来てごはん食べませんかと、デートの帰りに思い切って言うと、山田伸夫は、えっほんとに由紀子さんの作ったごはんを食べさせてもらえるんですかすごいなうれしいな、と言った。

来週の週末は、と言ってから、いや来週の週末も会えたらいいなと思ったんですごはんはいつでも由紀子さんがそんな気になったときで、と、あくまで礼儀正しい山田伸夫に、来週私誕生日なんですよ、と言うと、それじゃあもう予定が入っちゃってるかな僕なんかが会ってもらえる余地はないか、と言うので、なんの予定も、と言うと、もしほんとなら僕がお誘いしてもいいですか、とほんとうに礼儀正しい山田伸夫は言って、それなら私食事を作りますよいつもご馳走《ちそう》してもらっているから、という話になったのだった。

そんなの申し訳ない僕が料理しましょうそれだったら、と山田伸夫は真剣な表情で言い、お誕生日は金曜日ですか土曜日ですかとたたみかけた。誕生日は木曜なんです、と由紀子が言うと、ん？　と一瞬眉《まゆ》をよせた山田伸夫は、ん？　ともう一度言って手帳をにらんだ。

なにか予定が入ってるんだったら無理しなくても、と由紀子が言いかけると、山田伸夫は、いやいやぜひお祝いさせてくださいただ東京に戻るのが九時くらいになっちゃうから、と言うので、当日じゃなくてもいいですよ、と由紀子が言うと、いやだめだこういうものは当日でなくてはだめなんですお誕生祝いというものはただ木曜は大阪出張が入っていてどうしても東京駅着が八時半になるのです、と言いながら山田伸夫は額の汗をぬぐった。

結局最後に、ねえだから今回は私がお食事を用意するから九時過ぎに家に来てくればいいですよいっしょに誕生日祝ってもらうだけでもうれしいから、と由紀子が提案して、そういう段取りに落ち着いた。

山田伸夫と最初に二人で会ったのが十月で、どうやらこうやら半年もかかってここまでやってきて、先々週のデートの帰り道では、別れ際におずおずと山田伸夫は由紀子を抱きしめ、髪の毛を撫《な》でた手が頰《ほお》を挟み、それからしばらく由紀子の額にあてていた山田伸夫の下顎《したあご》が、そろそろと位置を変えて下りてきて、少しばかりじょりじょりした下顎の真上に位置する柔らかいものが、ここ数年は食べ物や歯磨き粉や口紅以外に何かが触れることもなかった由紀子の唇に辿《たど》りつき、そういうことになりたいのだという意志をお互い確かめることができたのだった。

その半年の間、とうぜんのことながら由紀子は、今日は電話がかかってくるのかしらとか、今日のデートは何を着ればいいのかしらとか、ほんとうはあの人には別に好きな人がいるのかもしれないとか、なんだか今日の声は冷たくて電話が短かったとか、私から電話したらうっとうしがられるかもしれないとか、なんかもう私ったらへとへと、どうでもよくなってきちゃったような気がするとかいう、他人にはとても聞かせられない恋愛初期のぐずぐずした感情を、いつもと同じように味わった。

味わったものの、今回がいままでと決定的に違っていたのは、由紀子のほんとうにばかばかしい不安は、山田伸夫の実直な態度によって、ほとんど杞憂《きゆう》として通り過ぎたのであり、きっとあの人は電話くれない、と思う矢先に電話がかかってきたり、あのとき言ったことなんかきっと忘れてるに違いない、と思うと次回に約束が守られたり、由紀子さんはきれいだとか、由紀子さんはほんとにやさしいとか、そんな耳に心地よい言葉が、酔った勢いや女をたらしこむときの自堕落な雰囲気とはまったく違う誠実さの中で示されたりするものだから、由紀子は不安をいちいち楽天的な確信に書き換えていくことができた。

ばっかみたいお姉さんたら。前から言ってるじゃないのよ、お姉さんは男に対する期待値が低いの、低すぎるのよ。

いい？　男というものはね、誰かを、女を、だいじにしようと思っている男というのはね、毎日その女の声を、聞かずにはいられないものなの。ほんとうは毎日会ってセックスしたいけど、それができないからその女の週末を、独占しないではいられないものなの。男は頼まなくても、乞《こ》い願わなくても電話をかけるものだし、食事に連れ出すものだし、注文しなくても贈り物をしたがるものなのよ。それがとんちんかんな贈り物だということはある。自分が夢中だからといって鉄道模型を誕生日に贈ったり、ダイナマイト・バディにしか似合いそうにない妙な下着を贈ったり、絶望的に実用的なドライバー・セットなんかを贈ってしまう男たちが存在するのは認めるわよ。でも贈り物をしたいという誠意にかわりはないのよ。

それなのにお姉さんときたら、週に一度しか電話してこなかったり、かと思えば酔った勢いで毎晩のように電話をかけてきたり、そのくせ仕事だか他の女だか知らないけど急に忙しくなって、ふた月も連絡を寄こさないようなのを、下手すりゃだいじにしちゃうんだもの。そんなことをしているうちに、お姉さんの中の男への期待値はどんどんどんどん低くなっちゃって、今度の彼は家までタクシーで送ってくれたわこれってどういうこと？　とか、少なくとも二週に一回は彼のほうから電話をかけてくるからかなり脈があるわ、とか、ライトビールを氷水で割って飲みながら、アルコールが入ってるから酔えるはずだと思い込む依存症の人みたいなことになっちゃってるのに気づかないんだから。

妹のような価値観に照らしてみれば、このように誕生日の昼間に台所に立って、自らほうれんそうを茹《ゆ》でている自分などは、間抜け以外の何者でもないかもしれないと、そう考えてもみるのだが、だからといって、久しぶりに由紀子の人生に登場した恋人という存在に、手料理を食べさせたいという素朴な欲望には勝てないではないか。

由紀子は料理が好きである。

手の込んだものを作るわけではないが、ピザは台から作るし、パスタも時間があるときは自分で粉から練りあげる。

ところが最後に恋人に料理を食べさせたのは、コタツを実家から送られる前の、ようするに十五年以上も前のことになる。あのころはサラダだってまともに作れやしなかった。同い年の彼に食べさせたものといえば、水気がなくなってぼたぼたになったカレーライスとか、何も考えずに野菜を切ればいい鍋物くらいだった。

短大を卒業し、銀行に就職して、一心不乱に仕事をしているうちに、何か心に余裕という物がなくなった気がして、料理を習い始めたのは三十を越えてからだった。以来、次の彼にはこれを食べさせよう、恋人ができたら二人でこれを食べたいと、夢を見るようにレパートリーを広げ腕も磨いてきたのだが、料理はプロはだしになっても、肝心の恋人が現れないのであった。

妹に言わせれば「努力が足りない」ということになるのだろうが、由紀子の努力は主に仕事に向かっていたのだから、派手に遊び歩いて努力を重ねていた妹のようにはうまくいかなくても、責められるいわれはない。

きっちりと計った粉をボウルに入れると、ほうれんそうの茹で上がりをチェックして、ザルにざっとあけて水を切り、流水に晒《さら》してアクを抜いたものを手でギュッと絞り、トントンと包丁でざく切りにしてからフードプロセッサーに入れてボタンを押した。

ギューンという勇ましい音がした。

粉の中央に窪《くぼ》みを作り、卵と細かくしたほうれんそうを流し込む。フォークで、山を切り崩して緑と黄色の谷に落としこむように、強力粉を馴染《なじ》ませていく。全体にまとまってきたら、フォークを置いて、こねに入る。こねて、こねて、またこねて。グリーン、グリーン、丘の上にはらら、緑が光る。

次はパスタマシーンが登場する。小さな玉にしたパスタ生地を、麺棒《めんぼう》でぐいぐいと広げてから、パスタマシーンにかける。ぴらーりと出てきたパスタ生地を、たたんで押《の》して、またぐいぐいと広げて、パスタマシーンにかける作業を繰り返す。この作業は、グリーン・パスタを作るとき、いちばん楽しい。まだらがだんだんグリーンに変わっていくのを確かめる。平たくのびたグリーンの生地を、長方形に切り分けると、由紀子はもう一度大鍋に湯をわかす。ラザニアに入れるラグーソースは、夕べのうちに作って冷蔵庫に入れておいた。ラグーは早めに作って一日置いて、パスタは打ちたてを茹でる。それがおいしいと由紀子は一人で決めているのだが、真偽のほどは定かではない。

昨日のうちに、ひき肉とトマトを煮込んで作るラグーソースを準備したなどということは、一生誰にも言うまいと由紀子は思う。そう、大仰に決意などしなくても、誰もそんなことを由紀子に尋ねはしないのだが、たとえば妹にでも知られると、自分の誕生日に食すべき料理を前の日から作り始める女の不幸を指摘されて、またちょっとふがいない気持ちになると思うし、それに実は山田伸夫のことを、職場の友だちの誰にも話していないのだった。

べつにかくしているわけではないが、誰も聞かないし、光が丘支店の梨崎由紀子といえば、とくにそういうことがないままに生きていく人間だと誰もが思っているようだし、三十代も後半に入ってからの恋愛は高齢出産のようなもので、初期はとくに気をつけないと流産しやすく、また流産してからの体の回復にも時間がかかり、そのため周囲の気の遣いようも尋常ではないわけで、それを考えるとおいそれと人には打ち明けることもできない。

とにもかくにも、自分が誕生日に料理をしていることなど、誰にも言わないのだから、要は、山田伸夫が来るまでに準備を整え、そうたいした労力もかけずに用意をしたような涼しい顔をすればいいだけのことだ。もしかして、明日会社に行って、誰かが由紀子の誕生日を覚えていて、梨崎さん昨日お誕生日だったでしょうお休みってことはデートだったんですかぁ、などと聞かれたりしたら、ふ・ふんと、あいまいな、どっちにも取れるような表情で笑うことにしよう。

そんなことを考えながら、ホワイトソースに取り掛かった。

ホワイトソースを作るのが苦手だという人もいるけれども、こんなものにそうたいした技術は必要ない。だいいち、小さなダマくらいできていても、泡だて器でかき回しているうちになんとかなってくるものだ。とくにラザニアの中に入れるホワイトソースたるや、最終的にはラグーやらチーズやらといっしょくたになってくるのだから、おいしければいいじゃないかと由紀子は思う。

そんなふうにおおらかに考えられるようになったのも、ここ数ヵ月の心境の変化に起因するのかもしれない。かつての由紀子は、料理の本通りに物事が進まないと、いらいらしたり、悲しくなったりしたものだった。

だから、山田伸夫に初めて会ったころも、その髪の薄さであるとか、汗っかきでしょっちゅう額の汗を拭《ふ》いているところとか、つまらないことが気になって気になって仕方がなかったが、それもこのごろどうでもいいことだと思うようになった。

ときどき銀行のカウンターに座りながら、やってくる男性客の額の部分に、由紀子は想像の中でだけピタッと分度器を当てるように「後退した額モデル」を当ててみる。とくに、若年層の、まだふさふさと髪がある段階の男性客がやってくると、由紀子は必ずといっていいくらいそれを行っている時期があった。

ようするに、そうして、若い髪のある男を見てみると、ああこの人もどのみち禿《は》げる、そうすれば山田伸夫と大差ない印象になる、つまり、あの山田伸夫だって十五年くらい前まで遡《さかのぼ》れば、多少肥満傾向はあるにしても、普通に上背のある青年だったのではないかと考えることができる。由紀子だって十五年前は、もう少しふっくらしていたし、こんなに顔にシミが出てはいなかった。化粧はいくらかうまくなったように思うが、肌ツヤの衰えはいなめない。そういうことなのだ。年齢が上がってから誰かと出会うということは。

そうこうするうちにもホワイトソースはできあがり、由紀子はパスタを色よく茹で上げる。そのパスタを、耐熱ガラスに敷き詰め、ラグーとホワイトソース、パルメザンチーズとリコッタチーズを順繰りに重ね、最後にパルメザンチーズをパラパラ振りかけて天井を作ると、あとはこれを天火で焼くだけになったが、さすがに山田伸夫が来るまでまだ八時間近くもあり、焼いてしまうわけにはいかないので冷蔵庫に入れた。少し早く作りすぎたかもしれないが、まあどうってことはない。

次にたまねぎとにんじんとベーコンで、スープを作る。シーフードサラダはさすがに夜になってから作ろうと考えて、今度は台所を片づけ、その勢いで部屋の掃除にとりかかった。

掃除といっても、引っ越してきたばかりなので、たいしたことはない。化学ぞうきんで棚の埃《ほこり》を拭《ぬぐ》い、ころころと掃除機を転がすくらいで、じゅうぶんきれいな部屋になる。しかしあまりにきれいなのも、かえって訪ねてくる人の気持ちの負担になりはしないだろうかと、ふとつまらない心配が由紀子の胸に浮かぶ。

考えてみれば、十五年間も「恋人が部屋を訪ねてくる」という情況に遭遇したことがないのだから、こういった場合、何をどうすべきなのだろうかという根源的な疑問が、とつぜん由紀子に取りつきパニックに陥りそうになる。とりあえず、どう考えてもトイレの掃除は必要だ。そしてバスルーム。つまり、全体に清潔感がたいせつであって、姑《しゅうとめ》が埃の検査に来るわけではないから、ちょっと気を抜いたようなリラックスできる散らかりぶりも、多少あっていいのではなかろうか。由紀子は考えた末に、ソファにくまのぬいぐるみを置いてみたが、二秒後に、きっとこれこそけっしてやってはならないことに違いないと思いついて、それを寝室のクローゼットの中に隠した。

なぜなのだろう。誕生日だというのに、いや、誕生日だからと言うべきか。由紀子はひたすら働いていて、だんだんなんだか疲れてきてしまう。こうした気持ちの動揺をときめきと呼び、それが恋人同士の関係にぜひとも必要なものだと本気で考えるなら、そういったものは自分にはやはり不相応だと思わざるを得ない。少なくとも、自分はそんなものを望んだことは一度もなかった、と由紀子は回想した。

心の安定、平らかな気持ち。ふんわりとやさしい感情の発露を、自分は求めているような気がするのに、それがちっとももたらされないものだから、いつしか由紀子はそういうことを希求するのをやめて、淡々と繰り返される仕事と家事とつかのまの孤独な娯楽の、単調さを選んでいたのだった。

あの秋の一日、なぜか子連ればかりが集まったバーベキュー大会で、子どもの世話から解放されたい両親たちの思惑に乗せられて、いつのまにか五人の子どものお守《も》りを引き受けるような形になってしまった由紀子と山田伸夫。そんなふうにして出会ったためか、最初からあまり緊張もしなかったし、ドキドキもしなかった。あらかじめ穏やかな関係が約束された出会いのようにも思えた。そうだとするならばいままでの、由紀子の選択が間違っていたのかもしれない、心になんの波風も立たない、ぼんやりとした関係を選ぶべきであったのに、八年前に、そうだもう八年も前だ、由紀子が選んだ年下の男は、おなかの中で気持ちがトランポリンをするみたいな人だった。しかも選んだはいいが完全につかまえることもなく日々が過ぎた、そしてほとほと疲れ果てた、その結果こんなことになってるのだ、という思いも湧《わ》いてきた。それが、初めて山田伸夫から食事に誘われた日に頭の隅で考えたことで、あれから半年、日を経るごとに、ほんとうにそうであったと、確信を更新し続けているのだ。

そうだというのにまたしても、由紀子はあの上がったり下がったりする気分に振り回されつつある。たかが山田伸夫で。たかが。

そんなフレーズが意識に上って、たかがとは何、たかがとは。そういうのって、山田さんに対してすごく失礼。山田さんがたしかに、女をひっかけて勘違いさせて押したり引いたりしながらその気持ちを離さないように振る舞うようなことがけっして得意でなさそうなのはわかるけれども、それをして「たかが」と思うなんて、私はどうかしている、まるでそういうことが巧い男のほうがどっか山田さんよりもいいと思ってるみたいじゃないの？　たかがってどういうことよと、由紀子はしばらくの間自問を続けた。しかし、思えばたしかにどこかで由紀子は、そういう「巧い」男のほうが、なんだかいいように思えていた時期が長かったのだし、そういう自分を積極的に評価してやれる答えを一つとして見出すことができなかったので、そのことを考えるのはとりあえずやめにして、上着を羽織って、部屋を出る。

花を買いに行くことにしたのだ。

花屋は公園の中にあって、由紀子の新しいマンションからは、徒歩十分の道のりだったが、ときは春、ベビーカーを転がす新米の母親たちや、就学前の小さな子どもたちがブランコを漕いだり、砂場を掘り返したり、こぜりあいをしたり、それをたしなめる声をあげたりする中を、由紀子はだんだんまたウキウキしてくる気分にとらわれながら、少し迂回《うかい》して、ベンチに腰掛けて人々の様子を眺め、散歩まがいを楽しんだ。

引っ越した日には葉桜だった公園のサクラは、小さな新芽をいっぱいにつけた、緑色の美しい木々に変わっていた。沿道に植えられた皐月《さつき》や躑躅《つつじ》がつぼみを膨らませ、気の早いものはぽつんぽつんと花びらを広げている。少しばかり傾いてきた太陽が照り返して池の水面はきらきら光る。

花屋では、カーネーションを買った。たしか、買ってはいけないのは黄色のカーネーション。黄色のカーネーションを花嫁のブーケに入れてはだめ、というセリフを何かの映画で聞いた気がするが、花言葉が極端に破談向きなんだろう。ピンクのものと、赤と白がマーブルのように入り混じったものを選んで、なんて私の花選びは保守的なのだろうと思いながら、由紀子はそれでも気持ちだけスキップを踏みながらマンションへ戻る。

部屋に入って、買ってきた花の茎に巻きついていた銀紙と綿を取り、花鋏《はなばさみ》で高さを揃《そろ》えて花瓶に生けると、さあもうこれで、することはほとんどなくなった。山田伸夫が来るまであと四時間もあるのに。

もちろん重要なことがもう一つある。風呂に入って、髪を洗うのだ。

実はシリアルの朝食を食べたきり、おなかに何も入れていないのにも理由があって、ウエストがゆるんだみたいに膨らんでいるのは見栄えが悪いし、夜楽しくお食事するためには昼間食べ過ぎないほうがいいだろうと思ったのだったが、朝から忙しく立ち働いたせいかめっきりおなかがすいてしまったのも事実だった。

そこで由紀子は食欲が湧かない休日の昼間のために冷蔵庫に入れてある、十秒で必要な栄養を摂取できるゼリーというものを、ちゅるちゅると吸うことにした。吸っている間にも髪を梳《す》き、浴室の蛇口をひねってバスタブに温かい湯を溜《た》める。

そして朝から着ていた部屋着を脱いで、髪をゴムでもう一度束ねると、シャワーを浴びてから湯船に入った。

気持ちを離して、お姉さん。

昔、由紀子にボーイフレンドができかけると、必ず妹がそう言ったものだ。

というのも、由紀子がこんなに枯れ切る以前、まだ二十代のころは、それでもなにかしら交渉というものが存在したのだが、なぜだか男の部屋に行くことはあっても、男が由紀子の部屋に来ることはなかったのだ。

それはお姉さんの堅さと緩さのあるべき姿が逆だからよ。なんだか真面目《まじめ》そうに見えるくせに、誘われるとほいほいついて行ってしまって、そのうえ事が終わると妙にかいがいしくなったりしたら、男は警戒心でいっぱいになるに決まってるじゃないの。

いい？　それまでセックスでいっぱいだった頭の、その膨らんだ部分すべてに「警戒」の二文字がギュウギュウ詰めになっちゃうのよ。関係が安定するまでは気を抜いちゃだめ。甘い顔を見せちゃだめよ。ついて行きたくても自分で自分の足を踏んで踏みとどまるの、かいがいしくしたくなっても歯を食いしばらなきゃ。

そう、目を吊《つ》り上げてアドバイスしてくれた妹は、要所要所で歯を食いしばったり、足を踏んだりしていたのだろうか。

　とにかく気持ちを離して、お姉さん。あんまり入れ込まないで。また失敗しちゃうから。

だいじょうぶ、今回はそんなにぼーっとなってないし、山田さん、いい人だから。

そう、妹に返事をするように心の中でつぶやいて、由紀子は湯船の中で両手の平を握手するように合わせ、丸く内側を膨らませてできた隙間《すきま》に湯をため、ピュッと水鉄砲をして遊んだ。何回かピュッ、ピュッと水を飛ばし、しまいにはバスタブの縁に飾っておいたアヒルを湯船にプカプカ浮かべて、それにピュッと水を当てて泳がせる、という新たな遊びを楽しみ、のぼせてもまずいからとバスタブの栓を抜き、シャワーでしっとりと髪を濡らす。

　シュカシュカシュカと音をさせてシャンプーしながら、いままでの男と山田さんがどう違うかというと、と由紀子は指を立てて自問自答した。

まず礼儀正しい。それから勘違いしていない。いままで由紀子が多少なりとも関わりを持った男たちは、なんだかみんな勘違いしていた。由紀子の気持ちより何より、気がつくと男のほうがたいへんいい気になっていて、自分のことをひどくいい男だと思い込んでいて、だから由紀子も自分のことが好きなのだと信じて疑うことをせず、しかるがゆえに由紀子を平気でないがしろにし、ないがしろにすることがいい男の証《あかし》であるかのようにすら勘違いするという、何重にも重なった思い違いをした人物が多かった。

それはお姉さんが勘違いさせちゃうから悪いのよ。最初からガツンとやっとかないから図に乗るの。男なんて、犬と同じなんだから。

妹の言うことは間違いではないのかもしれない。しかし、由紀子は、男の人を犬にたとえるなんて、嫌だなあと思う。犬に対しても、なんだか失礼だ。図に乗りやすい、勘違いしやすい人々が、たまたま男性の中に多くいるだけであって、男という男がすべて勘違いでできている種族だなどと、由紀子は信じたくない。

その点、山田さんは。シューッとシャワーで長い髪にからみついたシャンプー剤を流しながら由紀子は考える。その点、山田さんは、とても謙虚で礼儀正しくて、由紀子にだいじにされることをきちんと感謝しているように見える。

こういうものを買ったのは僕は四十年間で初めてのことなんでどうしたらいいかわ

からなかったんですが会社の同僚の女の人について来てもらって選びました気に入ってくれるかどうかたいへん不安です、と言って、ホワイトデーにクッキーと化粧ポーチをくれた山田伸夫のことを、由紀子は思い出してみた。若いころはこういうちょっともたもたした人に魅力を感じたりしなかったものだが、それはどこかで由紀子自身がなんとなく傲慢《ごうまん》だったからではないだろうかと、由紀子は考えながら、コンディショナーを丸く手の平に押し出し、てきぱきと髪のあらゆる部分につける。

べつに私が山田さんのことを犬扱いしたり、最初からガツンとやったから、こうして山田さんが私にやさしいのではなくて、山田さんは穏やかでやさしい性格の男の人で、そういう人に私はとうとう、出会うべくして会ったということなのに違いない。

そんな思いをめぐらせながら、またシューッと音を立てて髪を洗い流し、ギュウギュウと髪の毛から滴る水を絞って頭に巻き上げ、バスルームを出ると、窓の外はずいぶん暗くなっていた。由紀子はバスローブを羽織ったまま、脚やおなかに引き締めローションを擦《す》り込んだ。

髪を乾かし、グレンチェックのワンピースに着替え、唇だけ残して化粧をし、それから由紀子は深呼吸して、少し早いけれどすることもないからという理由で、シーフードサラダにとりかかった。

シーフードサラダなど、あっけなくできてしまった。

由紀子はできたてのドレッシングを、空き瓶に入れて、ラップをかけたサラダボウルといっしょに冷蔵庫にしまった。ほんとうは山田伸夫が現れてから、ちゃっちゃっとドレッシングを作ってみせたほうがよかったのかもしれないと、どうでもいいことを由紀子は反省してみる。

そうこうするうちに、時計は八時半を指し、四十五分を指し、五十二分を指し、五十八分を指して、山田伸夫が電話をかけてくる時間が近づく。テレビなどつけてみるが、あまり名前をよく知らないタレントが何人も出てきて、やらせ映像のあとにお決まりのクエスチョンが続く、気の抜けたバラエティ番組を見るともなしに見ていると、なにか用意した食事の品数が少ないような、不安な気分にさせられる。

そして九時。なにごともなく九時が過ぎていく。四分経過。電話は、まだ来ない。最寄り駅に着いたら電話しますと、たしかに山田伸夫は言った。しかし、駅からこのマンションまでの道のりはたいして難しいものではないし、もしかしたら地図を見ながらもうここへ向かって歩いているのかもしれない。迷っているのだろうか。私から電話をかけてみるべき？　そう思いを巡らしていた一方で、何か重大なことを知らせる感覚が由紀子に働き、はじかれたように彼女は立ち上がる。

なんということ！　由紀子は必死の形相で冷蔵庫からお手製のグリーンラザニアを引きずり出す。二十分間これをオーブンで焼かなければならないのに、すでに九時を七分も過ぎているのだった。

なぜ自分は、このようにいちばん大切なことを忘れきっていて平気なのだろうかと、強く自分を責めながら、オーブンのスイッチを入れ、中の温度が二百度を超えるのをじりじりと待つ。こうなると、山田伸夫の電話は、遅ければ遅いほどいい。来ないで。山田さん、まだ来ないで。

どうしよう。しかし、のっけからドンとラザニアを差し出さなければ何がなんでも食事が始まらないというわけじゃないし。最初はサラダを出したり、ワインを出したりして、そういえば冷蔵庫の中にグレープフルーツがあったから、あれを切って、缶詰のカニかなにかと和《あ》えてもう一品作るとか、そんなことをしなくても、甘い食前酒か何かをチビチビやりながら、缶詰のカニを。どうしてこんなときに限って、家にはカニの缶詰しかないのか。甘い食前酒に缶詰のカニが合うかどうかについて、いままで真剣に考えてみなかったことを、由紀子は心から悔やみ始めた。それにいまのいままで考えてみなかったことだが、もしも山田さんが甲殻類アレルギーだったらどうすればいいのか！

リン、と予熱完了のベルが鳴り、耐熱ガラスに盛り付けた力作をオーブンに入れようと思った矢先、プルプルと携帯電話に連絡が入った。

由紀子は食卓の上に耐熱容器を下ろし、両手につけたミトンを外すと、髪を耳にかけ、深呼吸を一つして、電話の青い受信ボタンを押した。

「もしもし」

「もしもし、あ、由紀子さんですか。山田です」

「どうも……」

「実はいままだ大阪なんです。すみません。あ、ちょっと」

山田ぁ、という声が、由紀子の小さい携帯電話を通して、山田伸夫の声の向こうから響いてきて、由紀子はなんのことかわからずに茫然《ぼうぜん》とする。

「また、電話します。じゃ」

ツー、ツー、ツーッと、電子音が耳元で鳴った。

由紀子は中空の一点を見つめながら表情を動かさずに、充電器を兼ねたホルダーの上に携帯電話を返し、とくに何を考えるでもなく食卓の椅子を引いてぱたんと腰を下ろした。口は「ま」と「ぽ」の間くらいの音を出せそうな形に開いていた。そのままじっと黙って呼吸をしていたが、目だけを動かして壁掛け時計を見ると、もうすでに十時を回っていて、ものすごくおなかがすいているのに、由紀子は気づいた。

さすがに自分のためだけに大きな耐熱皿をオーブンに入れる気がしなくて、予熱にしておいたオーブンの電気を切ると、ガスレンジの上のスープを温め始める。サラダも、冷蔵庫から取り出せばすぐに食べられることはわかっていても、なんだか冷たいものを口に入れる気がしなくて、由紀子はぼんやりと火にかかった鍋の前に立ち、ふつふつと表面に泡が出て、細かく刻んだ野菜とベーコンが浮いたり沈んだりするのを眺めた。

両耳のついた皿に、温まったスープを盛ると、また黙って力なく由紀子はさきほどの椅子に腰を掛け、スプーンで掬《すく》い上げたそれを口元に運んだ。

嚥下《えんか》するのに時間がかかるような気がしたのは、喉《のど》の状態がなにかを飲み下すのと逆の方向に圧力がかかっているためであり、それでも一匙《ひとさじ》のスープをぐいと飲み込むと、どうしたことか、つーと右目から水がこぼれてきた。

さっき「すいている」と思ったおなかは、こんどは「何も食べたくない」という信号を脳に送り始めたので、由紀子は薬指の腹で一回、折り曲げたひとさし指の甲でもう一回、無言で涙を拭うと、スープ皿をキッチンシンクの脇のステンレスボードに戻し、ズズッと鼻をすすり上げた。

機械的に触ったテレビのリモコンのボタンが、受像機に眼鏡をかけた中年のニュースキャスターと、背広、と呼びたいような紺のスーツを着た髪の薄いコメンテイターの姿を映し出し、この点についてはどう思われますか、とニュースキャスターに問われたコメンテイターが、実際いままでのような形での問題提起ないしそれへの取り組みが実効力を持たずに来たということのあらわれが今回のような事態を引き起こしているということを認識して、どういう新たな機構なり枠組みなりを準備してそれを機能させていくかということに今後の課題は尽きると思います、と発言しているのを、由紀子はまた無表情に眺めた。

そんなに、と、ややあって由紀子は考え始める。

たいしたことではない。仕事で、来られない。たいへんよくあることである。さっき、思わず涙をこぼしてしまったのはほんとうに失態だったが、誰に見られたというわけでもないから、と、ここまで考えて、そうだ、誰に見られるというわけでもないし、と頭の中のたがのようなものがいっぺんにぱつんと飛んでしまって、あろうことか由紀子は、つぶれたカニのような顔をして泣き始めたのであった。

なぜだか急に、ここ十五年というもの、他人といっしょに誕生日を祝ったことがないのを思い出してしまったからであり、そんなことは気にもかけずに過ごしていればなんでもないことであるのに、ちょっと心の張りが緩み和んでしまうと、ひどくこたえるということにいまさらながら気づき、どうしちゃったんだろう、私、こんなはずじゃなかったのになと、何がどんなはずじゃなかったかについては深く洞察せずに、由紀子は涙に身を任せることにしたのであった。

だから言ったじゃない、気持ち離してって、と、妹の声が耳に響くようである。

いままでも、何度も何度も何度も、こんなことがあったじゃない。あの年下のときなんて、四回のうち三回はドタキャンだったじゃないの。しかもそうしてぼんやり夕食をとったり、着替えて化粧も落として寝るころになると、あのバカ男から電話がかかってきて、それは必ず酒を飲んだ後で、やっぱり会いたいんだけどいますぐ出てこられるかなみたいなこと言われて、きっぱり断ればいいものを一から化粧して服も新しいものを出して着て、すでに深夜になってしまった住宅街を、タクシーを拾える通り目指して半分駆け足で出かけてたのは誰？　そんなふうにとつぜん呼び出されるのはぜったい迷惑な話なのに、会うと約束してはだめになったと言われるようなことが続くと、この機を逃してはまたいつ会えるかわからないような気がするんでしょ、ばかに気分が高揚して、カツカツ、ハイヒールの音を響かせて出かけていっちゃうんだもの。そうしておきながら、待ち合わせの場所に男はなかなか来ないし、現れたころにはさっきの甘え声はどこへやらひどく不機嫌になっていて、俺ちょっとこれから行くとこあんだよなんて、タクシーに詰め込まれて帰されたりしてたじゃない。あのとき私、やだった。お姉さんのかわいそうな電話もらうの。お姉さんが呼び出されていく場所が、別の女の家に近いエリアで、お姉さんがその年下男と会えるか会えないかは、男がその別の女と会えるか会えないかにかかってるってことがわかるのに、お姉さんたら鈍いもんだから二年も費やして、その後もだらだらと思い切れずに二年近く無駄にしちゃったんだから。あの後なんにもないのだって、あれで懲りちゃったからなんだから。あんなちっぽけなことで、懲りちゃったんだから。

つまり私は。ぐしゃぐしゃに顔を歪《ゆが》めて由紀子は結論づける。

絶望的に恋愛に不向きな人間で、男という男をつけあがらせてしまい、結局この部屋にも誰もやってこずに、一人で食事をとるしか能のない人間なのかもしれない。だいいち、こんなことをぐずぐず一人で考えていることじたい、なんだか女として間違っているというか、不出来な感じがする。気持ちの切り替えというものが、どうして私にはできないのか。いいえ、私だってもう三十六なのだし、気持ちなんかすぐに切り替えてみせる、そんな簡単なこと、心配するには及ばないわ、と、心の中で毅然《きぜん》とつぶやいて、さっき消したテレビの電源を入れると、ニュースキャスターは奥に引っ込んで間の抜けた表情でモニターを見つめ、手前にせりだした若い男性アナウンサーが、やはり同じような口調で、この点についてはどう思われますか、と左隣の大男に向かって言い、まあ、とにかく一点取っていく、とにかく先に一点取っていく、このことにつきると思いますね、そして取られたらまず取り返す。この原点に戻ってやっていけば、まずまずの成果が期待できるんではないでしょうか、と、スポーツのスの字も知らない由紀子でも言えそうなことを、もっともらしくうなずきながら語っていた。

そのまましばらく、ニュースとそのあとに始まったバラエティ番組を見るともなしに眺め、やがてそれにも飽きてしまって、そろそろ寝るかという気になった。

明日はまた早く起きて、会社に行かなければならない。入行してからの年数が長い由紀子は、肩書きこそないけれども課長よりずっとキャリアがあるから、由紀子がいないと回らない仕事がかなりあって、課長に聞いてもわからないから梨崎さんのこと待ってましたと、後輩が明日も聞きに来ることだろう、少し早めに行って、準備をしておいたほうがいいかもしれない、と由紀子は思った。融資先でも梨崎さんと話させてくれというところが何件もあって、年下の課長も赴任直後はそれが気にいらなかったのだが、そこも由紀子の人柄ゆえか、いまでは、頼むよ梨崎さん僕が出るとかえって角が立っちゃってさあ、などと頼みに来る始末なのである。

汚れたスープ皿を洗い、並べたカトラリーを片づけて、由紀子はまたゆるいパジャマ姿に着替え、バスルームに立って髪を束ねると、くるくると顔中にクレンジング・オイルをまんべんなくまわし始めた。化粧を浮かせて、ぬるめの湯でジャバジャバとオイルを洗い流し、フォーム洗顔を終えてタオルで濡れた顔を拭いて一息つくと、もう何も考えることもなくなった。

コットンに化粧水を含ませて、機械的に頬に叩き込む動作は、由紀子が十五年毎日欠かさずやってきたことで、化粧水がさっぱり感のある二十代前半向けから、しっとり保湿を謳《うた》ったホワイトニングに変わった以外に、なんの違いがあるわけではない。気持ちが切り替えられないなどと思っていた由紀子は、ここへきて、そんなことを思い出しもしないほどにきっぱり気持ちを明日にシフトしていた。この判で押したような日常こそが、じつはくだらないことで動揺しがちな由紀子の神経を支えてきたものであった。

そしてとうとう由紀子は寝室に立ち、明かりをつける。

真新しいベッドが由紀子を迎える。新しいリネンの香り。真っ白で、少し硬いような手触り。ふぅ、とため息を一つついてから、由紀子は白い麻のカバーをかけた羽根布団を持ち上げ、膝《ひざ》を立ててその中にもぐりこもうとする。

電話が鳴る。

夜分遅くにすみませんもう電話するには遅いかなと思ったんだけどほんとに申し訳ないことをしちゃったんでとにかく謝らないといられなくて由紀子さんにはまったく関係ないことですが台湾からの部品が今日の午後に届く予定だったのに空港に問い合わせたら来てないってことになっちゃって、と、電話口で山田伸夫が言った。いえいえ気にしなくていいですよお仕事だったらしょうがないですよね、と由紀子が言うと、ああでも今日由紀子さん誕生日だったのに僕はなんてことをと、ほんとうに実直な物言いで山田伸夫は言い、台湾から部品が来たら税関通ってすぐ工場のほうへ来ることになってたんでその納品だけ確認したらあれなんです帰れることになってたんですそれがその肝心の部品がどうしてか乗り遅れちゃったらしくて私と現場担当の燕《えん》という者と二人であっちへ電話をかけたりこっちへ電話をかけたりして明日の便に絶対に乗せてくれという交渉をしたんですが何しろ台湾人の電話に僕が出て日本人との交渉に燕くんが出たりしててどうもうまくいかない日は何をやってもうまくいかなくてどんどん時間が経っちゃってどこかで時間を見つけて由紀子さんに電話しなくてはと思っても話がぶちぶち途切れるようではかえって申し訳ないというかもうちょっと落ち着いてからにしようと思っているうちにこんな時間になってしまいまして、と半分泣きそうな声で言うので、そういうことはよくあるんでしょう納品が遅れるとかそういうこと、と一応調子を合わせると、そんなことないですよきちんと納品してもらわなきゃ困りますよこんなことがしょっちゅうあっちゃほんとうに困るんです、と山田伸夫が叫ぶように言うところにいたっては、由紀子の顔には満面の笑みが戻り、山田伸夫が汗を拭きながら一生懸命しゃべっている姿が脳裏に浮かぶほどであった。

忙しい一日だったと、由紀子はベッドの中で振り返る。

なにしろ気分が忙しかった。とりたてて忙しいことなど、普段の毎日に比べればないと言えばないのだが、とにかくもう由紀子はへとへとである。コタツがトラックに積まれて去っていったのは、ひと月も前のことに感じられる。

とはいうものの、と由紀子は振り返る。

あと何回か、あるいは何十回かわからないけれども、由紀子はこの気分の変動を繰り返し、繰り返すたびにちょっとずつその揺れは少なくなっていき、やがてきっと動じなくなり、温かい安心感に包まれることになるのではないか。いつの日かきっと、由紀子が待ち望む安定した日々が訪れるのではないだろうか。山田伸夫とならもしかしたら。

あんなに恐縮しちゃって。

明日、仕事が終わったら、まっすぐ来んだって、ここに。

由紀子は頭の中で、誰にともなく言ってみた。そしてにんまりと口を歪め、目を斜め上に向けてキョロキョロさせた。

切り花もまだみずみずしく咲いているし、スープは温めて、グリーンラザニアはオーブンで二十分焼けばいいばかりになっている。明日は会社へ行って、溜まっていた仕事を大急ぎで片づけて、のんびり公園の鴨でも眺めながら帰ってこよう。

山田伸夫が来る前に。

山田さん、泊まっていくって言うかしら。ああうちには買い置きの歯ブラシがない。

でもそれはコンビニに買いに行けば済むことでいっしょに買いに行くべきかしらそれ

とも私が用意すべきなの？　どちらがこの場合、妹の言う、歯を食いしばった態度なのか。由紀子はまた口を少し開け気味にして目を泳がせた。どうしよう、そのこと考えてなかったじゃない、と思うと、少しばかり、動悸《どうき》が打ってくるのを感じたが、ぷるぷると首を振ると、枕もとにあるスイッチで明かりを消し、目を閉じた。

今日一日分の動揺はやり尽くした。あとは明日に残しておこう。

誕生日おめでとう、由紀子さん、と山田伸夫が電話を切る前に言った。

心の中でハッピー・バースデー・トゥー・ミーと歌いながら、梨崎由紀子はリズムに合わせて、ぽぉん、ぽぉん、と腹筋を使って、真新しい白いベッドの上で体を弾ませた。

インタビュー

玄関から続く石段を降りて道を横切ると、細い坂道を登ってきた車がちょうど一台だけ折り返せるくらいの空き地があって、そこにカメラマンは三脚をたて、いっしょに取材に来ていた記者を手招きした。

白のノースリーブに、カーキ色のカーゴパンツ、それとよく似た色をしたキャンバス地のスニーカーを履いた若い女の記者が、陽差しの眩《まぶ》しいのに目を細めるようにして、カメラマンの脇に立つ。カメラマンのほうは、黒いTシャツと黒いジーンズを着ていて、汗だくになった顔をTシャツの肩でむりやり拭《ぬぐ》った。

九月に入って、急に暑くなり、短い夏に鳴きそびれた蟬《せみ》の声が響く中、記者は額に手を翳《かざ》しながら石段の上の家を見上げた後で、言われたとおりにファインダーを覗《のぞ》く。

すごくいい、と、記者が言うと、隣にいたカメラマンは右のひとさし指でドアの下を示して、あそこにある箱みたいなの、ちょっとどかしてみよう、と言った。オッケー、と威勢のいい返事をして、記者はぽんぽんと石の階段を上っていく。

記者がその木箱を持ち上げると、カメラマンは、ドアの左側に置いてみて、と構図を確認しながら言う。

「というかね、その、左脇にある苗みたいなの、それを全部その木箱に入れちゃって」

ドアにアクセントがつくから、とカメラマンは言う。

「ポラ撮るから降りてきといて」

ハーイ、と記者はまた石段を降りる。何度も石の階段を駆け上ったり駆け降りたりするのが、まだ二十代も前半らしい記者にはたいして気にならない運動らしかった。シャッターをカシャ、カシャと同じリズムで押しながら、気持ちのいい家だよねえと、カメラマンは誰にともなく言った。

*

高台にあるその家の持ち主は、高岡恭平といって、K・タカオカという名前で仕事をしているイラストレーターだった。

インテリア雑誌で働いている友だちから、部屋の実例特集にぜひ撮影させて、と頼み込まれて、仕事上のつきあいもあって断れなかった恭平は、仕方なく、いいですよ、と返事をしたものの、ほんとうはまったく気が向かなかった。ここしばらくは、訪ねてくる人もないのをいいことにすっかり散らかしまくっていたのだし、まともに掃除機すらかける気にはならなかったのだ。

「鳩小屋みたくなってんだぜ俺んち」

と言うと、その友人は、

「いい機会じゃないの、片づけたら。喘息《ぜんそく》にも悪いわよ、そんな環境」

と、にべもなく言い放った。

とりあえず、脱ぎ散らかした服を二階に持っていったり、必要のない食器類を棚にしまったりすると、なんとなく見られるようになってきた。可燃ゴミの日まではまだ間があるので、紙くずの類も袋に入れたまま二階に上げた。

そうこうするうち、部屋は整然とした表情を取り戻した。

むしろ、散らかりだす以前よりも、すっきりした印象になって、それはそれでどことなく、恭平にやりきれなさをもたらした。

妻の妙子が出て行って、ひと月半も経つだろうか。音沙汰《おとさた》はなく、聞くところによると、いまごろ北欧旅行をしているらしい。

帰ってくる気もとりあえずはなくて、あちらでお菓子の勉強をするスクールに入るのだとかなんだとか、ふざけたことを言っているという話だった。もちろん、ふざけたことだと思っているのは恭平くらいで、本人も周りの友だちも、妙子の「夢」なるものを応援することがすばらしいことだと信じて疑わないらしい。

「すごくすてきなおうちですね」

若い記者が何度も何度も言った。

「ぼろぼろだったこの家を買ったのは六年前で、電気系統は業者さんに入ってもらったんですけど、ペンキ塗ったり、床張ったりっていう作業は自分たちで、まぁ、自分と、友だちに手伝ってもらってやって、結局住めるようになるまでなんやかや半年近くかかっちゃいました。仕事しながらだったから」

結婚と同時にこの家を買い、妙子と二人で作業をしたことを、まるでそんなことなどなかったかのように記者に話しながら、恭平は思い出した。

恭平のマスキングがおおざっぱだと、妙子が文句を言ったこと、古道具屋で恭平が一目ぼれして買った壁掛け時計に金をかけすぎたと、妙子が文句を言ったこと、すべてができあがってから恭平のアトリエだけあって妙子のアトリエがないと、妙子が文句を言ったこと。

そもそもの始めから、妙子はこの家に満足してなどいなかったのかもしれない。

「好きなように撮ってくれていいですから。物も適当に動かしちゃって。僕、二階にいるんで、なんかあったら呼んでください」

そう言って、階段を上りかける恭平に、記者が後ろから声をかける。

「アトリエも見せていただいていいですか？」

「いや、上はごっちゃごちゃだから、撮影は勘弁してください」

「見るだけだったら？」

「いや、ほんとに、見せられる場所じゃないんで」

若い女の記者は残念そうに階段の上をちらりと見て、そうですね、一階だけでも撮るとこがいっぱいありますね、と言った後、カメラマンを振り返って仏頂面をしてみせた。

恭平は階段を上り、階段脇の、アトリエとは反対側の小さな部屋を一瞥《いちべつ》した。マットレスが一枚投げ出されただけの何もない真っ白な部屋に、県指定の白い袋に詰め込まれたゴミが、四つほど置いてある。万が一、取材クルーが二階に来てしまったときのことを考えて、恭平はぱたりとその部屋のドアを閉める。

北向きに大きな窓のあるアトリエは、なるほど「ごっちゃごちゃ」で、仕事机に腰を下ろすと恭平はしばらくぼんやりと外の風景を見た。秋の訪れが遅いせいか、こんもりと茂った山の木々はまだ青く、大きく見えた。

なぜアトリエが「ごっちゃごちゃ」なのかというと、階下に散らばっていた衣類や手紙の類を、大急ぎで二階に運び込んだからだった。

それに、仕事がたてこんでいたので、このところ生活の場自体が二階にシフトしていて、雑誌や新聞、本などの資料も散乱していた。

実際、一人で食事を摂《と》るならば、カップ麺《めん》に湯を注いで二階に上がってきて、パソコン画面を見ながらすするほうがラクだった。食べた後の皿を洗う必要もないし、だいいち時間が節約できる。

妙子は、身の回りのものをきれいに整理して出て行った。

恭平が都内の広告代理店に打ち合わせに出かけた日だった。いつも数件の打ち合わせを、一日か二日に固めて入れて、その間の晩は都内の友だちと朝まで飲んで、ホテルに宿をとるようなことをしていたから、あの日は帰らないと、妙子も知っていた。狙《ねら》い定めたように小さな引っ越し業者のトラックがやってきて、夜のうちに妙子がこっそり梱包《こんぽう》した荷物を積んでどこかへ持って行ったらしい。実家か、友人の家か。いずれにしても恭平に一言の断りもなく出て行ってしまったものを、そちらに行っていますかと問い合わせることすらせず、連れ戻す気力も持てないままに日々が過ぎた。

アトリエに放り投げられた服の山を見ていると、なんだか恭平は気分が悪くなってきた。仕方がないので、奥の棚から毛布を引きずり出してきて、そのクリーニング店の店舗を思わせる小山の上に覆いをして、仕事にとりかかった。

ピリポ王国ではきょうもボックスくんがだいかつやくしています。せんげつもおとなりのドルドル国からのふしんなしんにゅうしゃをおいかえしたこうせきにより、ボックスくんはピリポえいゆうくんしょうをじゅよされました。

ピリポえいゆうくんしょうは、き、みどり、あお、あか、しろ、ぎん、きんと七つあって、いまボックスくんはあかくんしょうをもっているのです。

きんくんしょうをもらえば、ポンタルメチアひめにプロポーズすることができます。ボックスくんのぶたいに、ひがしのトーダー王国からみょうないったいがこちらにむかっているというしらせがはいりました……。

ポンタルメチア姫とボックスくんの恋物語を書いたらと言ったのは、妙子だった。ねえ、恭平もなにかストーリーのある仕事をしたら？

絵本の雑誌の別冊付録で、お話を書きませんか、という依頼がきたとき、俺、話なんか作れないから断ろうかなと言うと、だめ断っちゃ、恭平はピリポ王国のボックスくんのお話を書くんだから、と妙子が言った。

「なんだよ、ボックスくんって」

「ポンタルメチア姫に恋をしているのよ」

そして二人は朝のコーヒーを飲みながら、ドライブをしている車の中で、ベッドでセックスをしていないときなどに、ポンタルメチア姫とボックスくんのことを話した。ときどきはセックスをしながらポンタルメチア姫とボックスくんのことを話すこともあった。そんなとき、ボックスくんは実にいやらしい少年に、ポンタルメチア姫も大胆な女に変身した。

ポンタルメチア姫とボックスくんのことすら、妙子が出て行く前はケンカの種だった。

「私はあんな安っぽいテレビゲームみたいなストーリーを考えたりしなかったわ。なにがあかくんしょうよ。きいろくんしょうよ。ポンタルメチア姫とボックスくんを、めちゃくちゃにして」

「俺は仕事でやってるんだから。そういうニーズがあればそういうものを書くよ。妙子を喜ばせるためにだけ書いていられるわけじゃない」

「だったらボックスくんのことを書くべきじゃなかったのよ。スニーカー物語でも書くべきだったのよ。ボックスくんは私のお話だったんだから」

頭の中に棘《とげ》のある妙子の声が響いた。

＊

「見て！　すごい、これ全部スニーカーだ。みんなヴィンテージですよ」

ベッドルームの撮影準備にかかっていた記者は、すっとんきょうな声を上げた。

カーテンで仕切られたクローゼットの中を覗くと、箱に入ったスニーカーが隙間《すきま》なく積み上げられていた。

「ほう。まぁ、いいよ、そんなとこはカメラに入らないから。それよりもなんだか殺風景だねえ。なんだか人の気配のしない部屋だねえ。ほんとにここで寝てんのかなあ。アトリエで寝ちゃってるんじゃないのかね」

人の好さそうなカメラマンはそう言って、ベッドの真ん中に座ってお尻でちょっとぐしゃぐしゃっとしてみてよ、と記者に指示を出す。

こうですかぁ、と若い記者は、何故だか両手を踊るように上げて、ベッドの上でもぞもぞと尻を動かす。こんな感じですかぁ。

「だめだね。かえってわざとらしくなっちゃうよ」

記者が尻で作ったベッドの窪《くぼ》みを眺めて、カメラマンは不満そうに言った。

「しょうがねえから、写真集かなんかでも置くか」

これどうですかぁ、と、また間伸びした声がして、女性記者は靴箱の詰まったクローゼットから、ざっくりと編みこまれたストールのようなものをひきずり出す。鉤針《かぎばり》の不揃《ふぞろ》いな編み目が温もりを感じさせる栗色のそれは、シンプルな生成《きな》りのベッドリネンの上にかけると、ちょうどベッドの下半分を覆うような形になった。

「じゃあ、それぱさっと、かけてみて。自然な感じで」

記者はいったんかけた編み物を両手で持って広げ、ふわりともう一度ベッドの上に広げる。それからまたクローゼットに戻って、中をきょろきょろ見回した。

「これもいけそうです」

そう言うと女性記者は、木の底にフェルトを張り込んで鋲《びょう》で留めた、履きこまれたスリッパをどこからか持ち出してきた。フェルトも灰色がかった茶系統で、たしかに即席のベッドカバーとよく似た色合いをしていた。記者は、持ち主がそこに脱いで置いたかに見えるように、ちょっと上からパン、と音を立ててスリッパを落とした。クローゼットを覆う長いカーテンを閉め、コーナーに置かれた照明に明かりを入れると、部屋は見違えるほど「人の気配のある」ものに変わった。

記者が興奮気味にリビングルームから分厚い作品集を抱えて戻ってきて、

「見て。これ、茂田井武。パリのやつですよ」

と、鼻を膨らませながら、ベッドの横の小さな木の丸椅子の下にたてかける。丸椅子の上には梨形をしたスチール製のペーパーウェイトを置いた。

カシャ、カシャ、と、こんどは少しゆっくりした、しかりやはり規則的なシャッターの音がし、カメラマンは記者に向かって指でオーケーのサインを出した。

「あの人、女に興味のない人なんですかねえ」

記者は唐突に、とんでもないことをカメラマンに向かって話しかけた。

「誰？」

「ここの、家の持ち主。なんか冷たくありません？」

「シャイなだけじゃないの？　考えすぎよ、ミカちゃん」

Tシャツの袖で鼻の頭の汗を拭《ふ》きながらカメラマンが答える。

「違いますよ。私が言いたいのは、ある種のゲイの人たちって、わりとはっきり女を敵視してるんです。女を『同性』って考えて仲間意識持つタイプと、男を挟んだ『敵』って考えるタイプといるんですよ。彼、後者のタイプじゃないですかねえ」

ミカちゃん、と呼ばれた女性記者は、見当違いな偏見を小声で展開したが、カメラマンはそれには答えず、二人組は寝室から居間へ移動した。

壁を背にしたソファを撮影するのに、これも少し殺風景なのでローテーブルにガラスのコーヒーカップと灰皿を置き、棚から見栄えのいいレコードを拝借して無造作風にソファに散らかした。

「あー、石塚硝子だ。六〇年代モデル」

うれしそうに、記者が言う。

カメラマンは写真を撮り終えると、茶の革製のソファに座り込んで、撮影したレコードを手に取った。黒髪をショートにしたラテン系の女性が、テーブルに肘《ひじ》をつき、顎《あご》を支えた手の指を口元のほうへ折り曲げ、目を細めて笑っている。斜めにしたレコードケースから小さな紙片がはみ出しているのにカメラマンは気づいて、引き出してみると、それはいかにも幸せな若い恋人が戯れに撮ったというような、ジャケットを真似《まね》た一葉の古い写真だった。夏の遅い午後を思わせる暖かい光の中で、やはり短い髪の日本の女が快活に笑っていた。

しばらく、その写真を見つめた後、あと、どこだっけ、台所か、とひとりごとのようにつぶやきながら写真とレコードを元に戻し、カメラマンは三脚を持って移動し、キッチンの入り口にそれを置くと、もう一度Tシャツの袖で鼻の頭の汗を拭いた。

キッチンは、がらんとしていた。

棚の中に納まるべきものが納まって、キッチンシンクの水切りかごの中には、ぽつんとガラスのコップが一つ伏せてあるきりだった。

「アァルト」

そのコップを取り上げて、記者はそれがまるで自分のものかのように、自慢げにカメラマンに翳して見せた。

「その窓辺のとこ、撮ろうかな。光がいいからね」

と、カメラマンは言った。

きゅきゅっという音をさせて、三脚の高さを調節しながら、なんかあすこに置くものあるかな、ちょうど光が来ていて、影ができるからきれいなんだよ、と言う。記者は、水切りかごに伏せてあったグラスを取り上げ、ティッシュペーパーで水滴をぬぐって窓際に置いた。光が当たって反射し、窓枠に幾重にも輪っか模様ができた。

「ほんのちょっとだけ色があってもいいんだけどね」

ほぼ仕事を終えて、あとは半分趣味で押さえることにしたキッチンの出窓を撮影すればいいだけ、という気楽さが手伝って、そんなことを言うカメラマンにつきあい、記者は棚の中を物色する。

「じゃあ、これ。ラベルがかわいいから」

自信に満ちた声で、記者はそう言って、買い置きの缶詰や乾物の入った棚の奥から、リキュールのようなものが半分入った瓶を取り出した。うすい琥珀《こはく》色の液体は、ゆらすと少しとろみがある感じで、ラベルも赤と白のシンプルなものだったので、カメラマンもそれを窓辺に置くことに同意した。

そのガラス瓶と、水をくぐらせてわざと水滴をつけたコップをいくつか重ねてその脇に置くと、光が当たって窓の桟に白や黄金色やグレーのグラデーションのある、影絵ができた。満足そうなため息をもらしながら、カメラマンがシャッターを切った。

終わりましたと声をかけられて、恭平は階段をゆらゆらと降りてきた。

部屋の中はなんだかひどく雑誌的に演出されていて、恭平には不思議なものに映った。居間の灰皿はいったい、どこから出してきたものか。恭平と出会ったころの妙子は煙草を吸っていた。ひょっとしたら、恭平の見ていないところで、妙子は吸い続けていたのだろうか。

＊

記者は記事に必要な事柄を恭平に聞き始めた。このソファはどこで買ったのかとか、この部屋でいちばんのお気に入りはどのコーナーですかとか、そんな話だ。

本棚にある小物は、海外旅行した友だちの土産物です、どれがどこのものかちょっと覚えていません、と答えながら、妙子がいつも一人で旅をしていたことを思い出した。いっつも一人だもん、慣れちゃったよ。私は一人旅が上手だよ。旅先の土産物を広げて見せながら、ちょっとふくれて妙子は言った。

ふと頭にヨーンの姿がよぎったが、恭平は意識を記者の質問に集中しようと努めた。記者がいちいち何をどこでいくらで買ったか聞きたがるので、古道具屋で五万円くらいとか、友人の贈り物ですとかいう話を、とめどなくしながら、恭平は記者についてぐるぐる部屋から部屋へ移動した。

寝室に入ると、妙子が編んだベッドカバーが広がり、妙子が作ったフェルトのスリッパが転がっていた。フェルトのスリッパはいつだったかクリスマスにもらったものだったが、足が痛いからと恭平はちっとも履かず、憤慨した妙子が自分で履いていた。妙子のものに満ちていながら、部屋はちっとも妙子の存在を伝えてこなかった。ベッドで本を読みたくなると、丸椅子にコーナースタンドを不安定に載せてしまう妙子の無謀さがないせいかもしれない。妙子はもっと部屋を散らかした。妙子の服と妙子の物の間をすり抜けなければベッドに近づけなかった。

自分が若いころから好きで、後に妙子も好きになった画家の作品集が置いてあった。あのころは妙子も絵を描いていた。

いずれにしてもこの部屋に妙子はいなくて、事実この部屋で妙子を抱かなくなって、何年経つのだろう。いっしょに暮らしていると欲望がなくなるという人たちの話は聞くが、恭平にそれがなかったわけではない。ただ、妙子が嫌がるので、だんだん遠ざかってしまっただけだ。いつのまにか妙子はここに閉じこもるようになり、ここには履かずに時折眺めるだけの靴を残して自分はアトリエに閉じこもるようになり、二人はたいして口も利かないルームメイトのようになり、そうして妙子は出て行った。

最後にここで妙子と自分が肌を触れ合わせた日のことを、このベッドを見ていると恭平は思い出しそうになったが、なにしろあの日はひどく酔っていたし、よく覚えていないのも事実だった。

いずれにしても何かを思い出すことが、いまの恭平の情況をこれ以上よくするとは思えなかったので、もう一度真剣に記者の質問に集中しようとしたのだが、この若い女性記者が「そうだ、居間の本棚にあったマトリョーシカ、めちゃくちゃかわいいですよ」とか、「ジョー・コロンボのスモーク・グラス、デッド・ストックでしょ」とか、「この木の丸椅子、おしゃれ。高岡さん、ぜったいお買い物上手。いったいいくらで買われたんでしょう」とか言うたびに、それらを妙子が持ち帰った日のことをうすぼんやりと思い出して、ささくれがほつれた服にひっかかってしまったような気持ちがした。

全部妙子が買いました僕はいくらだか知りません。そう、怒鳴りたい気もしたが、もちろんそんなことはあってはならないことだった。

いまとなってはせつないほど他人行儀な部屋の、作られた光景について、記者はなんとか恭平にそれへの愛着を語らせようとしたが、集中しようと思えば思うほど、恭平の顔は険しくなり、答えは要領を得なくなり、恭平の苛立《いらだ》ちは記者にも伝わって、やがて女性記者もとまどい始める。

「あんまり執着ないんですか？」

少しがっかりした調子で、記者が言う。妙子がここにいて質問に答えていたら、二人とも和やかに楽しげに、物への執着を語るだろうか。

「そうですね。あんまりないかもしれない」

眉間《みけん》に皺《しわ》を寄せて、恭平は答える。ええと、何に対する質問だったかな、これは。レコードか、作品集？　それともこの椅子か？

「だけど、ちょっとした小物も、とってもすてき。この手編みのベッドカバーというかストールの大きなのというか。これとかスリッパはハンドメイドですよね。ひょっとしてガールフレンドの贈り物ですか」

この破壊的な無邪気さはなんなのか。

プライベートなことはとくに答える必要もないし、顔写真も撮らないし、そういうことを記事にするわけではないから、と、友人の編集者に説得されて取材を受けたわけだが、つまりは、ゆえにその友人はこの若い記者に自分と妙子のことなど何も話していないということなのだろう。しかし、それにしても、この無邪気さは、と恭平は答えにつまり、かろうじて笑顔を作って、

「いや、たいしたもんじゃないしさ。ま、そういうのもあるけど、それは書いちゃだめ」

と言った。何が悲しくて自分はいま嘘をつかなければならないんだったかな。そう思うと、一刻も早く会話を打ち切りたかったが、恭平の物への冷淡さが記者には相当

不思議らしく、ぼそっとこんなことをつぶやいた。

「すごくいいものばっかり持ってらっしゃるのに」

「なんでだろね。持っちゃうと、もういいと思っちゃうのかもしれない」

日本の男性はみんなそうなの？　そういう人が多い？　信じられない。恭平はとつぜん、目をぐるぐる回し、手を振り回して、そんなふうに言ったヨーンの姿を思い出した。

「持っちゃうと、身内感覚になっちゃうんですかね。自慢する気にはならなくなっちゃうのかな。そういうタイプの方はいますね」

目の前の女性記者が言った。

そういうタイプの方――。そういうタイプ――。彼女は僕のタイプでもあるんだけど、と、あのときヨーンが言った。彼女は僕のタイプでもあるんだけど、一度三人でっていうのはどう？

「だいじにしてなかったわけでもないんだけど」

唐突に頭の中に蘇《よみがえ》ってきたヨーンの言葉をかき消すように、しかめっ面《つら》を作りながら恭平は答える。

ええと、なんの話だったかな、だいじにしていたのは。スリッパの話かもしれない。けっしてだいじにしていなかったわけじゃない。妙子が一生懸命作ってくれたのは知っていたけれど足に合わなくて。履くと痛いんです。いや、そんなことは答えなくていい――。恭平が苦しそうに答えを出し渋っていると、

「いや、そりゃだいじにしてます。見ればわかりますよ」

記者はようやく我が意を得たりという顔で、うれしそうに相槌《あいづち》を打った。

とにかく物の出自と値段と物への思い入れを聞き出す以外に興味はないはずの、この女性記者の質問に、いちいち過剰反応するのもばかげているかという反省が恭平の心に芽生え始めたころ、ここでおしまいですからと、うながされて恭平はキッチンに入った。

窓辺に飲みかけのアクアヴィットが置いてあった。

恭平は質問に答えながら、ぽってりしたその瓶を手に取った。

「そのお酒も、どなたかにいただいたんですか？」

恭平がたいがいのものをもらいものだと答えていたので、先回りして記者がそう訊《き》く。

「これは」

なんでこんなものが残っていたんだろうと思いながら、恭平は機械的に答える。

「ヨーンという、スウェーデンの学生が三週間ほど滞在していたことがあって、その彼が持ってきて置いていったものです」

「ホームステイさせてたってことですね。ヨーン。ヨーンさんですか」

「ええ」

「ヨーンさんはどの部屋に泊まってたんですか？」

なんてことを訊くのだろう、この記者は、と思いながら、

「アトリエの向かいに来客用の小さな部屋があるものですから」

と、恭平は答える。

それともヨーンがあの部屋で寝ていなかったとでも言い出すつもりなのか。あの日より前に、あんなことがあったのかもしれないと、そんなことを言わせたいのか、俺に。

この酒をあけた日のことを、恭平は覚えている。すでに酔っ払って帰ってきたヨーンと自分を、珍しく機嫌のいい妙子が迎えて、せっかくだからこれを飲みましょうよ、どうやって飲むか教えてよと、瓶を持ち上げて見せたのだった。

ウォトカのようにアルコール度が高いその酒は、冷やして飲むものだと聞かされて、もらった当日から冷蔵庫に入れておいた瓶が、外気に触れ、妙子の手の中で汗をかいた。

小さなグラスを三つ出してきて、赤い栓をひねり、冷たいそのスピリッツを三人で飲んだ。ふだんあまり酒を飲まない妙子が、特別の日だからとグラスに口をつける姿

が頭をよぎる。飲み残しが、きっとどこかに出しっぱなしになっていたのだろうと、瓶を見ながら恭平は考えた。

ヨーンがこの家にいたのはたったの三週間だった。休暇を利用して遊びに来たというその青年を泊まらせることにしたのは、ストックホルムでプロダクト・デザイナーをしている学生時代の友人に頼まれて、しかも部屋が空いていたからで、他にたいした理由もなかった。実際、恭平と妙子の関係はもう何年も冷え切っていたから、ルームメイトのようなものだったし、間借り人が一人増えたところで、何が変わるわけでもないはずだった。

予定の三週間、ヨーンは一人であちこち出かけていき、部屋に戻らないことすらあった。最後の日に、せっかく来たのにどこにも連れて行ってないのは気の毒だという理由で恭平がヨーンを連れ出し、恭平の行きつけの店で二人、したたかに酔って帰り、帰ると妙子が珍しく、今日はヨーンの最後の夜だから私も飲むと言い出して、三人で飲んだのだった。

つまみを作りに台所に立った妙子を見送ると、ヨーンは好奇心で顔を輝かせ、飲み屋でふと恭平が漏らした話を蒸し返す。三年も彼女と何もしてないの？　そんなの、信じられない。執着はないの？　すごくすてきな彼女なのに。

酒と、明日には故国に帰ってしまうという旅行者に話す気安さが、恭平の口を軽くした。

そうだね。あんまり執着がないのかもしれない。

そんなの、信じられない、とヨーンは繰り返した。

なんだろう。手に入れてしまうともういいと思っちゃうのかな。

日本の男性はみんなそうなの？　そういう人が多い？　信じられない。ねえ、どうだろう？　悪戯《いたずら》っぽい目をしてヨーンが言った。彼女は僕のタイプでもあるんだけど。どう？　一度、三人でっていうのは？

「最後の質問になりますが」

にこにこして、記者が言った。

「高岡さん、ガーデニングはいつから？」

思わぬ方向から質問が来るので、恭平の頭はすこぶる混乱した。

「ガーデニング？」

「おもてに苗がいっぱい」

「あぁ。あれ」

まったく興味も関心もなかったので、妙子がそんなものを買ってきたことすら恭平は覚えていなかったが、もしも妙子が苗を買って庭に置いていたとすれば、彼女はその苗を植えて、そこから芽が出て花が咲くような時季にも、この部屋で朝を迎えるつもりでいたに違いなかった。ということはつまり、恭平があんなバカなことをしなければ、妙子は出て行ったりしなかったのだ。

「買ったんだけど、そのまま忘れちゃってて」

苦し紛れにそう言うと、さすがに記者も呆《あき》れ顔をした。

「ほんとに手に入れると執着がなくなっちゃうんですねえ」

それは俺への非難か。それは俺を責めているのか。と、恭平は頭の中でぐるぐる自分を質問攻めにした。

「熱く語らなきゃだめなの？　椅子とかさ、ガラスのコップとか、置き物とか天井から吊り下がってる照明器具とかさ、そういうの、熱く語らなきゃいけないっていうのはさ、ちょっとおかしいんじゃない？」

そう口に出したとたんに、手がすべって、赤い蓋《ふた》をした無骨なガラス瓶が重力にしたがってすり抜けて行き、キッチンの床にぶち当たって破壊音を立てた。

キッチンにはキャラウェイとアニスの甘い香りが立ち上った。

無理をするように陽気に、その強い酒を口に運んでいた妙子の姿が思い浮かぶ。

なんだってあの無茶苦茶な提案に、妙子は乗ってきたりしたのだろう。

もちろん妙子が嫌な顔をするに決まっているし、そうしたら悪い冗談だよと言って笑うつもりだった。いま、ヨーンとちょっと話してたんだけど、と軽い調子で切り出したとき、自分の顔にはどんな表情が浮かんでいただろう。それを考えると、恭平はいまだに自分のしたことを責める。

　妙子は一瞬だけ目を動かして、考えるようなそぶりをした。そして、恭平の隣で、ビールを交互に飲みながら言う、遠い国から来た若い旅人に向かって、そうね、そんなことはなんでもないことだし、僕らの国ではよくあることだと香りの強い酒となことは私たち夫婦だってびっくりするようなことじゃないのよとでもいうように、妙子は悠然と笑いながらイエスと言ったのだった。

　そうして三人はあの部屋で一夜を過ごし、ヨーンは翌日帰国の途に就き、二週間もしないうちに、妙子は家を出て行った。

＊

「どうかしましたか。だいじょうぶですか」

　黒い服を着たカメラマンがキッチンに入ってきた。

「ちょっと手がすべってしまって。だいじょうぶです。だいじょうぶかな？」

　恭平は、女の記者に向かって言う。

「私はだいじょうぶですけど、ガラスだから早く片づけたほうが。箒《ほうき》とかあれば、私が」

「いや、ご心配なく。自分でできます。なんか仕事溜《た》まっちゃってて寝てなくてね。調子悪いんですよ。ごめんね、インタビューもあんまりうまく答えられなくって。よかったら、あとで質問事項、メールかなにかで送ってくれれば対応しますよ」

それから恭平は取材クルーのためにタクシーを呼び、それを待つ時間はカメラマンと二人で古いボサノヴァのレコードの話をした。

階段の下に到着したタクシーが小さくクラクションを鳴らしたのを合図に、記者とカメラマンは、それではと立ち上がった。

体よく追い払われた形にはなるものの、記者のほうも、はかばかしいコメントが取れなくて、そろそろこの場を去りたくなっていたので、ありがとうございますと挨拶《あいさつ》をして、すでにカメラバッグに仕事道具を納めてしまったカメラマンといっしょに、ほんとにすてきなお家だなあと、最後のお愛想を残して部屋を出た。

「やっぱり、あの人どっかヘンですよ」

車の中で若いミカちゃんは不服そうに口を尖《とが》らせて言うのだが、黒Tシャツのカメラマンはむすっとした顔をして、少し黙んな、あんたちょっとうるさいんだよ、と、温厚な常にも似合わず不機嫌な返事を返した。

陶器の靴の片割れ

夢の中ではまだ、駅の反対側、線路沿いの安アパートに順子と二人で住んでいる。もうあれから何年も経っているし、彼女のあとにつきあった女性も三人いて、三人目とはもうじき結婚するというのに、そんな夢を見た。

夢にはブルートも出てきた。

ブルートは、近所に住んでいたカラスで、朝玄関のドアを開けると、百メートルほど先の印刷工場の屋根から、すーっと一直線にアパートの手摺《てすり》めがけて飛んでくる。警備員のアルバイトをしていた洋平が、作業着を紙袋に詰めて出かけるときに、見送りでもしてくれるかのようにブルートは、カン、カン、カンと音をさせて手摺の上を飛び跳ねてついてきた。なんとなく強そうな外見から、ブルートと名前をつけたのは、洋平だったのか順子だったのか、あまりに昔のことなので、もう思い出せない。

順子が部屋を出て行った次の日に、ブルートを傘で追い払ったのを覚えている。順子がいないのに、いままでと同じ朝が来て、ブルートにおはようと言われるのはたまらない、というこちらの勝手な思いから、罪もないブルートに「来るな」のサインを送ってしまったのがいまも悔やまれる。あいつはあれから、ひどい人間不信になったのではないだろうか。

　いったいどういった潜在意識が作用したものか、眠りのうちに展開される奇妙な物語の中では、ブルートは家の中で飼われているらしい。

　順子と洋平とブルートは、三人で食卓を囲んでいる。あの大きなくちばしで、油揚げなどを摘《つま》み上げたりしているところが、ひどくリアルな夢だった。

（このままだとブルートにすべて食べられてしまうわ、かわいいけど、自力で生きていく方法を覚えてもらわなくては。そのためにはブルートも大学へ行ったほうがいい）

と、順子が言った。このままだと食べられてしまうのが、食卓の上の油揚げなのか、それとも洋平と順子が営んでいるところの家庭経済の話をしているのか、よくわからない。

　最後に「しまった！　俺はまたこうして、卒業試験を受け損なってしまった！」と後悔するところで目が覚めた。

　この卒業試験の夢は数々バリエーションがあり、社会人になってからもときどき見るものだが、順子やブルートや線路沿いのアパートごと出てくることはいままでなかった。新しいパターンだ、と洋平は思った。

あまりに何度も見る夢だから、意味があるのかと調べたら、「卒業試験に失敗する夢は、モラトリアム状態を長引かせたいという思いの表れである」とあった。それが洋平の状況を、実に的確に言い当てていたので、今回も目が覚めて「ああ、やっぱりな」と思ったものだ。

正直に言えば、順子どころか、その後につきあった二人の女の夢も、最近立て続けに見たのだった。

＊

「冷蔵庫と食器棚とダイニング・セットは、やっぱり買わなきゃだめだね」

日曜日の遅い朝、ベッドから抜け出るなり里岡千春は滝浦洋平に声をかけた。昨日の夜からずっと、そのことばかりを考えていたように。

ううん、とあいまいな返事を返して、洋平は体をひねってうつぶせになる。

「ドレッサーとか洋服ダンスとか、私の部屋にあるものは持っていくつもりだけど。本棚とか。でも、洋ちゃんの本棚はどうかなあ。これ、持っていくの？」

隣の洋間から千春が大きな声で問う。「やめてくれ」と思いながらそう言っているのだということが、背中を向けていても洋平にはわかる。

洋平の部屋の本棚は、オフィス用品の店でたやすく見つけることができるスチール製の安物で、できれば新居を木のアンティーク家具でまとめたいと思っている千春には受けがあまりよくない。ずっと自宅にいて結婚で初めて家を出る彼女には、なにか夢のようなものがあるのだろう。本棚だけではなくて、パソコンラックも椅子も机も、洋平のものはみんな会社からもらってきたのかと思わせるほど色気がなく、そのうえ年季も入って汚れている。こんなものをすべて持ち込まれては、新婚気分が台無しだと思っているのだろう。

かといって、新居じたいを思い切って購入してしまった二人には、家具をなにもかも新しく買いなおす余裕はないわけで、「当面はこれを使っておいおい」といったような言い方で、お互いに腹の探り合いをしている。

「やっぱり本棚はさあ、壁面に作りつけの大きな棚をつけてもらわない？　予算的にはオーバーだけど、これだけ本があっちゃ、どうしても必要じゃない？」

勝手に電気魔法瓶で湯をわかし、ドリップ式コーヒーを淹《い》れ、ベーコンとトーストとヨーグルトを用意していた千春が、もう一度大きな声で説得にかかる。

抵抗する余地はなさそうだ。折れて追加の出費を覚悟するしかないだろうと思いながらも、めんどくせえなあという気持ちが先行して、洋平はまだベッドの中で、ううん、とイエスなのかノーなのかはっきりしない返事をする。

「洗濯機も新しくしなくちゃだめだよね。ここのみたいに、ベランダに置くわけじゃないし。天井まで高さがあるから、乾燥機つきのにしようよ。美穂んちにあるようなやつ。一回真剣に見てまわんなきゃだめだね。こりゃ」

カリカリに焼かれたベーコンの匂いに鼻をくすぐられて、ようやく洋平も起きだす。

悪いね、作ってもらっちゃって、と、いちおう気休めのような声をかける。

「キッチンだけは新しくしとこう。あとベッド。寝室は新しくないと気分出ないもん。問題は、洋ちゃんの本とかパソコンとかだよね。まあ、あなたの書斎にすべてが納まるなら、このままでもいいかもしれないけどさ」

二人の共有スペースにはおまえのテイストを進出させるなと言われたようで、なんだか洋平は愉快ではない。

「俺、食卓は座卓がいいんだけど」

「座卓？　冗談でしょ？」

本気のはずがなかろうという口調で千春が言うので、起きたばかりの眠い目をことさら大きく見開いて彼女の顔を見つめる。

今朝見た夢の中で、順子とブルートと三人、いや二人と一羽で囲んでいた食卓は、紛れもない座卓だった。あれは居心地がよかったなあ、と考えてみる。この部屋に移ってきてから、ダイニング・キッチンに置くために安いテーブルと椅子のセットを買ったが、一人でいるときはあまり使わずにパソコンラックの上で食事をしている。

「まじなの？　まじで座卓？　座卓かあ、座卓？　まったく予定外だった、座卓？　まじで？　いいけど、座卓？　それはどういう部屋を想像して言ってるわけ？」

と、立て続けに千春はクエスチョンマークを出した。

「冗談だよ」

と、トーストをかじりながら洋平は答えた。

「ほんとに？　だけど洋ちゃん、私ばっかりが決めたんじゃ嫌だったら言ってよ。あとでもめるの嫌だし、二人の部屋なんだからさ。とにかくこの次の週末にでも、いっしょに家具を見に行きましょう」

「なんで今日じゃなくて次の週末なんだよ、と洋平が質問すると、

「だって私、これから友だちと出かけるって言ったじゃない。洋ちゃん、午後は悪いけど一人で過ごして」

と、ちっとも悪そうではなく千春が答えた。

もちろん悪いわけがなかった。友だちが多くて、一人で遊びに行ってくれる千春は長いこと気軽な恋人だった。ほっておいてくれる気楽さが、洋平に結婚を決意させたいちばんの理由かもしれないくらいだった。

あとで電話するよ、と玄関先で言って、洋平は千春を見送った。千春は近くに駐《と》め

てある自分の車で、千葉にいる友人の家に遊びに行くのだ。婚約者を送り出して一人になると、洋平は伸びをして、もう一度ベッドへもぐりこんだ。

少しまだ眠かった。セミダブルとはいっても、日本の狭い住宅事情に合わせてころもちシングルより大きめに作っているだけのベッドでは、二人が心地よく寝るというわけにもいかない。洋平が一人大の字になって寝るのに都合のいいサイズを購入したわけだから、たしかに二人で暮らすようになるとしたら、まず何より買い換えなければならないのはベッドだと思っている。

シーツと毛布の窪《くぼ》みにうっすらと残っていた温もりが洋平の体をとらえる。ほどなくして、洋平はまたうつらうつらしてくる。

もう一度夢にブルートは出てくるだろうか。今度はなんの夢を見るのだろう。もう試験の夢はこりごりだ。そう思いながら洋平は、昔の恋人の夢の余韻を記憶の隅に探そうとする。

この前見たのは、ドリーという外国人の夢だった。

厳密に言えば、洋平はドリーと恋愛関係にあったわけではない。彼女が日本を一人で旅行していたときに知り合って、メールアドレスを交換し、翌年の夏にアメリカに遊びに行って、彼女の大きな家に泊めてもらったのだった。たしか二十代最後の夏だった。

アメリカ人は、あんな大きな家に住むものなのかと、そのときはほんとうに驚いた。部屋がたくさんあるから何日でも泊まっていいとメールを寄こしたから、あてにして出かけていったら、一階に三部屋、二階に四部屋、ベースメントに広い部屋が一部屋あって、ドリーはベースメントで暮らしていた。

ルームメイトを探しているの、と言っていた彼女は、二階に大学生の女の子を一人住まわせていたが、それだって残りの部屋が六つもある。

南西を向いた食卓には張り出し窓があった。建物自体、南西の角を垂直にすぱっと切り落とした形をしていたから、張り出し窓もちょうど六角形を半分に割ったような変則的な形をしていた。ベースメントから上がってきてキッチンでそば粉の入ったパンケーキを作ってくれたドリーは、陽光のあたる張り出し窓の腰板の上に座ってそれを食べた。

二十世紀初めの、アーツ&クラフツ様式の立派なダイニング・セットには、土地のガラス工芸家が作った歪《ゆが》みのおもしろい花瓶に生けた庭のワイルドフラワーがあるばかりで、ドリーはそのテーブルをちっとも食事に使用しなかった。

そればかりか、その張り出し窓は、読書もすればうたたねもする、大きな家のベースメント以外の場所で彼女が唯一くつろぐ場所であるらしかった。

実際、洋平がドリーを抱いたのも、そこだった。

洋平が抱いたのではなくて、ドリーが洋平を抱いたのかもしれない。隣に腰掛けて甘いメープルシロップのかかったパンケーキを食べていた洋平の、口の周りについた液体を舐《な》めとるように舌と唇をからめて、体の重みを預けてきたのはドリーのほうだった。

いくら燦々《さんさん》と陽の光が注ぐ暖かい窓辺といっても、奥行きが七十センチほどしかない板の上では、ことのすべてに及ぶわけにはいかなかったから、大柄なドリーを抱きかかえて、洋平はベースメントのドリーのベッドに降りていった。

前の日に、その家に到着して、すべての部屋を順繰りに案内されたときには、たしかにそのベースメントの壁に、数枚のスナップがピンで留めてあって、ドリーの頰《ほお》に自分の頰をすりつけたり、後ろから手を回してドリーのおなかの前で組んでいたりする、人柄の良さそうな白人男性が笑っていたのに、ドリーを抱いてベッドに倒れこむときにちらと壁に目をやると、それらは周到に外されていた。

洋平にその写真を見せたくなかったのか、それとも自分の不実を写真の男の目に晒《さら》したくなかったのか、おそらく両方だったのだろう。

ベースメントのベッドの上は、空気がひんやりしていて、スプリングがきしむ音と、ドリーが上げるうあああという声が、少し反響するように聞こえたのを覚えている。

あれからドリーに一度も会っていないが、いまだにときどきメールの交換はしている。

ドリーも結婚して、いまは二児の母だ。たまに家族写真というものを添付ファイルで送ってくれるけれど、ドリーは見る影もないくらいに肥えてしまっている。二重顎《あご》と見事な三段腹のドリーは、洋平の記憶の中の彼女とはまるで結びつかない。

だから、夢に出てきたドリーは、結婚前の姿をしていた。

ドリーがいるのだからアメリカの風景の中でもよさそうなものだが、二人が会っているのはどうも由比《ゆい》ケ浜《はま》の海岸通りのラブホテルのようだった。

彼女と日本のラブホテルに入ったことなど、もちろんなかったのだから、こんな夢を見るのはもしかしたら「やり残した」という忸怩《じくじ》たる思いが心のどこかにあるのか。

それとももしかしたら、「二人ならもう少し大きいベッド」にしなければならないという、あれはそういう夢だったのか、と思うのは単にさきほどの千春との会話が、意識に混じりこんでくるからにすぎない。

結婚を決意したのは年齢もあるし、千春との交際の年月や質のためもあるけれども、ここへきてこうひんぱんに、未練がましい夢を見るのは、あまり誉《ほ》められたことではないと洋平も思う。

しかし夢に上映禁止令をかけるわけにもいかないし、久々に思い出す女たちのことは、それなりに胸をちょっとばかり締めつけてもくれるので、ついついあの夢はこうだった、この夢はああだったと、反芻《はんすう》してしまう。

江藤智佳が洋平の無意識に立ち現れたのは、それでももう二ヵ月ほど前の話だ。

江藤智佳が登場するのは、ドリーほどには驚きがない。なにしろドリーは洋平の全人生の中で、総計三日間しかいっしょにいなかった人物だが、智佳のほうは少なくとも半年くらいは関わった。

従順の順、という字を名前に持つくせに、頑固で意志の強い順子との六年間が終わって、その反動だったのか、あまり自分の意志を感じさせないひなひなした智佳とつきあったけれどうまくいかなかった。

洋平くんは、冷たい。そう言われてふられてしまったのだった。まったく理由がわからなかった。後で女友だちに話してみると、それは言葉だの、お金のかけ方だの、電話の回数だの、そういったすべてのことが彼女の中での水準値に満たなかったのだろうと解説されて愕然《がくぜん》とした。

洋平は智佳との間がうまくいっていないとはまったく考えていなくて、むしろ頻繁に連絡をしてきて、甘い声を出す智佳が自分にぞっこんだと信じきっていたのだった。

あれは思えば油断、というものなのかもしれない。交際期間中に智佳が洋平の一挙手一投足に通知表のようなものをつけていたのかと思うといい気持ちがしなかった。ひなひなしていると思われたのも表面的なことで、確固たる意志の下に智佳はさっさと洋平を見捨てた。あれ以来、きっぱりと連絡もない。

智佳は助手席に腰掛けて、二人は山並みの見える広い道路を走っている、たしかそういう夢だった。どこかに行くのだろうと思うが、隣に座った智佳は何も言わない。ただただ高速道路を二人とも無言で走っている。そんな夢を見た。

そのころあまり頻繁に夢を見たので、例の卒業試験の夢も含めて、なにか意味があるのかとインターネットの夢判断ページで、調べてみたのだった。

卒業試験はモラトリアム延長の意味、とあったが、いかにも元彼女との関係を復活させたそうに見える智佳の夢は、意外にも「ものごとが順調にまっすぐ進んでいく」ことの表れだと出ていた。

高速道路をまっすぐ進むからという理由で、「順調にまっすぐ進む」とは、コンピュータ診断らしい簡単すぎる考察だと思う反面、事実、ぐずぐずした思いをどこかで抱えながらも、千春との結婚を決意し、前向きに推し進めている最中だった洋平は、矛盾しているように見える二つの夢が、どちらも自分の精神状態を明かしていると素直に考えた。

ドリーの夢は何日か前に見た。

だから、夢にどんな意味があるのか、とくに調べていない。そのコンピュータ占いだか診断だかの信憑《しんぴょう》性を、最初に「卒業試験」で無邪気に信じたほどにはあてにする気がなくなっていたから、夢を見たからといっていちいちその意味を何かに教えてもらおうとは思わない。

今朝の、ブルートと順子と座卓の夢は、いったいどんな意味があるのか知らないが、意味がどうというよりも、順子が出てきたことがひどく懐かしかった。

あれほど長いこといっしょにいたのに、彼女はいままで夢の中になど現れたりしなかったからだ。キャスティングがどういうシステムになっているのかわからないが、小学校二年のときの印象の薄い担任の女の先生が、かなり重要な役回りで活躍していたりするのに、親しい人物がその親しさそのままに出てくるとも限らないものだ。

そう、順子と自分は食卓を囲んでいて、ブルートに油揚げを食べられてしまうことについて話していて、

(ブルートは大学よりも、仲間のところへ帰ることを考えたほうがいいのではないか)

と、まっとうな意見を自分は吐いていた。

そういえば夢の中ではブルートは実物より少し大きく、やや太っていて、カラス以外の生き物のように見えなくもなかった。ちょっと鴨《かも》とかアヒルめいた横広がりの体。

あれでは、仲間のところに帰ることは難しいのかもしれない。

そして順子だ。あまりに普通に、あの安アパートに昔と同じようにいて、着古したジーンズにTシャツかなにかの、おそろいみたいな格好で、自分たちは飯を食っていた。

インターネットの夢判断に頼らなくても、夢が成り立つ背景は想像がつく。カラスのブルートにまで高等教育が必要だと、順子が力説した理由は、彼女自身の向上心のせいだ。順子は洋平と別れて、大学院入学を果たし、果てはボストンの大学に留学してしまったのだった。普通のサラリーマン生活を開始した洋平は、学生時代から続いていた順子との関係の延長線上に、二人の未来があるようにぼんやりと思い描いていたが、順子のほうは違ったらしい。

取り残されるような気がして、彼女の勉学計画には、反対とは言わないまでもけっして熱心に聞いてはあげなかったから、別れる前はよく口論もした。

こういう、嫌いになったわけではないのに道が違ってしまったというケースが、若いときにつきあい始めたカップルの別れる理由の多数派ではないかと洋平は思う。嫌いになったわけではないといえば、洋平の側からみれば智佳のことだって嫌いになったわけではなかった。そもそも、好きになった人を嫌いになるという感覚が、洋平にはあまりわからない。

太陽はすっかり上空に昇ってしまって、南向きの寝室にも陽が射しこみ、冬のベッドを暖めるので、まったく起きるどころじゃなくなる。このまま、昼までは寝ていよう。もうちょっと。あと少し。

眠り込もうというときになって、電話が鳴った。

日曜日の日中に、しかも携帯ではなく自宅に電話してくるなんていったい何者だろう。ともかく俺はいない。いないことにする。この天気のいい日曜日、こんな時間に家にいる人間がいると想像するほうがおかしい。かけなおせ。かけなおせ。

そう思って目をつむっていたら、留守番電話の発信音のあとに、女の声が入った。

(もしもし。滝浦洋平さんのお宅でしょうか。おひさしぶりです。坂口順子です。こちらに戻っているのでお電話してみました)

そこまで聞いて、大急ぎで起きて受話器を上げた。

「もしもし?」

「もしもし?」

「あの」

「洋平?」

夢の続きではない。

千春を玄関に送り出したのはついさっきのことだ。いまは日曜の昼の十一時半で、寝ぼけているというほどには頭がしっかりしていないわけでもない。

「順ちゃん？」

「居たー！　よかった！」

戻ってきてるのよ、今日は東京にいて、最終の新幹線で実家に帰るんだけど。

そう、耳元で言う声が聞き覚えのあるあの順子のものだともう一度確認するに至って、改めてまた洋平の頭は混乱する。

「だから、戻ってるの、こっちに。先週末に帰ってきたんだけど、就職のこととかいろいろあってばたばたしてて、実家に行くのが今日になっちゃったのよ。ようやく今日は落ち着いたけど、もう東京にいるのも数時間になっちゃったから、もしかしているかな、くらいの気持ちでかけてみたの」

じゃあ、今朝の夢は予知夢の一種か？　虫の報《しら》せと、かつては呼ばれた何かだろうか。

「最終の新幹線って何時？」

「えっとね、九時台だと思うけど」

「東京のどこにいるの？」

「目白の駅のところにあるホテル出たとこ」

「これから会える？　俺、行くわ、そっちへ」

「それもいいんだけど、実はね、電話したのは、『キャビン』のスコーン買いにそっち方面に行こうと思ってたのよ」

「スコーン？」


ゆっくりゆっくり、洋平は思い出す。

駅の北側は商店街が連なっていて、賑《にぎ》やかさではあちらのほうが上だ。いま洋平が住んでいる南側は、静かな住宅地で少しだけ賃貸料が高い。こちらに住むようになってから、北側はほとんど行かなくなってしまった。順子と住んでいたころと違って、家にいる時間が多くはないし、炊事のための材料を、安い商店街で買いつける必要もないからだ。たまに千春が来ていっしょに料理をするときは、南側から車で数分の垢《あか》抜けたスーパーマーケットへ行く。

『キャビン』は商店街の外れにある小さな紅茶専門店で、そこのマスターの焼くスコーンが、そういえば順子は好きだった。田舎にはこういうものはないのよ、と言って、よく実家への手土産にしていたものだった。

洋平自身は甘いものを食べないので、順子がいなくなってからはまったく『キャビン』に近づくことはなかった。

「『キャビン』のスコーンね」

ああ、あれ、という口調で、洋平は相槌《あいづち》を打った。

「まだある?」

「なにが?」

「『キャビン』よ」

「あるだろう。あるんじゃない?」

「これから行くね。駅に着いたら電話する」

「いや、俺、出てるわ。駅で待ってる」

そう言って、洋平は電話を切った。

切ってしばらくの間、ベッドに腰掛けたまま茫然《ぼうぜん》とした。

最後に会ってから、四年も経っている。あのときもたしか、一時帰国しているから会おうと連絡があって、食事をしたのだった。

会ったからといって、何が起こるということもない。食事をして、あのころはどうだったとか、あの人はまだ元気でいるのとか、ボストンの生活はどうとか、そんな会話をして、「変わんないねー」と言葉をかけあって別れた。

もちろん、変わらないなどというはずはない。二人とも人生上の変化を経ているのはたしかなのだ。会って「変わらない」と確認しあうのは、思い出が変形せずに温存されていることの確認に過ぎない。

自分ももう千春と出会っていたのに、順子が向こうで知り合った男と暮らし始めたと聞いて、苦いものが胸の中を流れたのを覚えている。あれ以来会わなかったのは、たんに彼女から連絡がなかったからだが、別れて六年近く経っていたあのときまでは、洋平のほうさえその気になれば、関係を取り戻すことができるような気が、どこかでしていたこともたしかだった。

目白からなら、三十分はかかるから、まだ慌てて迎えに出る必要もないだろう。そう思ってから、急にふわふわした浮わついた感覚が身のうちに宿った。夢の続きとは言わないけれども、晴れた日曜の午後の間の抜けた時間が、洋平の中の現実感覚を少し狂わせる。

だからやはりあれは何かの報せで、順子が現れることを自分は事前に察知したものに違いない。生ぬるい午後の時間に、興奮と呼ぶには少しためらわれる、しかし他に名づけようもない感情が押しよせる。

順子が来る。

まだいま一つ、にわかには信じられないような気持ちで、いま切った電話が悪戯《いたずら》かなにかだったらと、少しだけ疑ってみる。

順子がこの町に現れる。

電話の声を頭の中で反芻している中で、ひょっとしたら順子はこの部屋に来るのかもしれない、という思いが突発的に湧《わ》き起こった。

　まあ、そうなったときのためにね。

　そう思わず口に出しながら、千春が洗って水切りかごに入れておいてくれた朝食の食器類、ちょうど二つずつある丸い皿やらマグカップやらカトラリーやらを、ふだんだったら絶対にしないことだが、洋平はふきんをきゅうきゅういわせて拭《ふ》いて、棚にしまった。

　ここまでする必要はないんだが、と思いながら、洋平は洗面台のコップに無造作に差してあるピンクの柄の歯ブラシを鏡台の扉の裏に片づける。

なぜ自分がドリーの夢を見たのか、ここへきて思い当たるような気がしてきたのも事実だった。寝室の壁には、千春と撮った写真がピンで留めてあるわけではなかったから、それを周到にはがすといったことはしないまでも、枕にからんでいる千春のカラーリングを施した細い髪を、つまんでゴミ箱に捨てた。

　べつに自分はここで、順子とこのベッドを使用することを考えているわけではない、と、乱れたベッドカバーを整えながら洋平は言い訳を思いめぐらす。ただ、たとえばここに彼女が来るとして、余計なことを考えたくない。余計なことを聞かれるのも困る。と、ここまで考えて、果たして余計なこととはなんだろうと、洋平は自問したがはっきりと答えが出てはこなかった。

智佳が初めて洋平の部屋にやってきたとき、かいがいしく料理までしてくれた後で、急に怖い顔で黙りこくってしまい、慌てさせられたことがあった。洋平のパソコンラックに無造作に貼り付けられた「ハッピー・バースデー・トゥー・ユー、順子よりフロム　ボストン」と書かれた、古いファックスを見つけたからだった。

洋平にしてみれば、そんなものは、どうでもいいくらいに忘れていたものだから何年も貼り付けたままになっていたので、順子との関係などとっくの昔に終わっているのに、と思うのだが、だったら捨てたらいいじゃない、と泣きそうな顔で智佳が言ったときにはむらむらと不愉快な感情が巻き起こり、捨てるか捨てないかはおまえに指示されて決めることじゃないのだというような頑《かたく》なな態度に出たものだから、ことはいっそうひどくなり、しばらく気まずい関係が続いたものだった。

智佳と順子では性格も違うし、千春のことを知ったからって、いまさら嫉妬《しっと》もしないだろうが、自分自身の感覚として、あまりそのことには触れたくない、という気持ちが突然芽生えたので、洋平は少し当惑する。べつに隠すつもりもないが、とにかくあまり余計なことを考えたり、尋ねられたり、そういうことはしたくない。

そんなことをつらつら思っていると、迎えに出たほうがいい時刻になった。

洋平は歩いて数分の私鉄駅へ行くまでの間も、夢を見ているというほどではないが、うわずった気持ちを引きずった。

　駅には早く着いて、しばらくの間待たなければならなかった。

　改札を、ベージュのタートルネックにジーンズ、深緑のダッフルコートをひっかけた女が出て、タイル貼りの柱に寄りかかっていた洋平に手を振ったのは、やっぱりあんなことを言っておいて順子はここへは来ないのではないかと、何度も考えた後だった。

「おひさしぶり！」

　記憶の中の順子より、若干痩《や》せた女がそう言った。まるで流行に左右されないジーンズ姿は昔からだったが、以前は、髪がここまで長くなかった。額の真ん中で左右に分けていて、「異国の東洋人」という風貌《ふうぼう》なのには、少し苦笑させられた。

「おう」

　と、中途半端に手を上げる。彼女は小脇に抱えられるほどの大きさの革バッグを持っているきりだ。

「なんだ、トランクはどうしたんだよ」

　どうでもいいことを質問すると、

「荷物はもう送っちゃったのよ、この中にはホテルのお風呂で洗濯したパンツとストッキングしか入ってないわよ」

と、相変わらずの口調で言って、順子が笑った。

「いつまでこっちにいるの？」

外国暮らしをしている人と会ったときの、ごく習慣的な会話として、そんな質問をすると順子は、

「とりあえず、ずっと」

と言った。

「ずっと？」

「帰国したのよ。こっちで就職が決まったの。四月からは田舎の女子大の先生よ」

洋平は、とんでもないことを聞いた気がした。何かが間違っているように思えたが、とりあえず「すげえじゃん」と反応しておいた。あの例の、アメリカ男はどうなったんだ、いっしょに住んでた奴は、という質問を、切り出そうか切り出すまいかと考えていると、順子は凝った肩をほぐすように回しながら、

「別れたの」

と、言った。

「あの、いっしょに住んでた人と？」

「そう」

それはよかったとも言えないので、洋平は無言で『キャビン』を目指した。『キャ

ビン』、『キャビン』、この通りにたしかにあった『キャビン』……。

『『キャビン』なくなった」

唐突に順子が言った。

「そんな」

「ここだったもの。自転車屋さんの隣」

くやしいなあ。と、順子が言った。わざわざ来たのにさ。

「まじでないのかよ。場所間違えてんじゃねえの？」

「じゃ、ちょっともう少し向こうへ行ってみる？」

だって、くやしいじゃない、せっかく来たのに。

くやしい、くやしいと順子が言うたびに、洋平の心の何かが刺激された。わざわざ。せっかく。来たのに。

商店街の終わりまで歩いて、二人は『キャビン』が消失していることを確認しなければならなかった。

「十年も来てないんだもの。なくなることもあるよね」

「ごめん俺も、あれからこっち側、ほとんど来なくてさ」

来なかったのにはおそらく、理由があったのだといまでは思う。そのまま二人は、それこそせっかくここまで来たのだからと、昔暮らしていたアパートを見に行ったが、そちらは予想通り取り壊されていて、コインパーキングができていた。寄るか、うちに。

部屋を出るときは、そんな言葉が出る確率は自分の中で一割弱くらいだったのではないかと思いながら、するすると洋平はそれを口に出す。

そうねえ、『キャビン』がないんじゃ、ここに来た意味ないもんねえ。

それは「行く＝イエス」「行かない＝ノー」のどちらの答えにもなっていなかったが、とりあえず洋平はイエスととることにした。

だって、きっとこれは夢の続きなのだ。今朝見た夢の。

踏切の前で、傍らに立つ順子の横顔を眺めた。絶対に少し痩せて、顎から下の肉が落ちた。

踏切を渡り、駅の南側を直進し、二人は洋平が住んでいるマンションを目指す。

なんでその人と別れたの？　と訊《たず》ねると、順子は少し淋《さび》しそうな目をして、うまくいかなくなっちゃったのよ、とだけ言って、それから自分の新しい就職先のことに話題を変えた。

順子を連れて帰ると、自分の部屋がまるで午前中とは違って見える。空間に歪みができているかのようだ。

たとえば夢の中で、ブルートが太ってしまったように、何もかもが少しずつ変形して、部屋Aが、部屋A'になっているとか、そんな不思議な感覚があった。

今朝、千春がコーヒーを淹れてくれたときに使った電気魔法瓶に、同じように水を入れて電源を入れたが、それもどこか違って見えた。

順子はとりとめもなくいろいろな話をした。

ボストンでのできごとや、就職先の人々のこと、実家の両親の話、洋平が会ったこともある彼女の女友だちの近況など。

「あれ？　これ洋平のとこにあったんだ」

話しながら何気なくスチール製の本棚に目をやった順子が、懐かしそうな声を出す。

「これって何？」

「あれ。長靴の片割れ」

「これ、順ちゃんのだったの？」

それは黄色の陶器の長靴で、いったい何に使うものか洋平には皆目見当もつかない代物だった。飲食店でもらったらしいライターが差し込まれてはいたが、ふだんそこにあることも、たいして意識していない。

「覚えてないの？　そうか。覚えてないか。これねえ、私が初めて一人でイギリスに行ったときに、ポートベローの蚤《のみ》の市で買ってきたのよ。ちょっと貸して」

渡すと順子は、手の平の上でその小さな長靴をひっくり返した。

「窯印もなんにもないし、べつにいいもんじゃないだろうけど、蚤の市で買い物するっていうのが初めてで楽しくてさ。安くしてもらったのよ、ほんの少しだけ。それでぺこぺこ頭下げちゃったの。笑われたよ。蚤の市なんて、値切るもんだってこと、知らなかったの」

俺ときたら、なんでも忘れてしまう。けっこう大事なお土産だったんだろうに、焼き物なんてまるで関心がないもんだから。

洋平が少しだけうしろめたいような気持ちに駆られているところへ、追い討ちをかけるように無邪気な声で順子が言う。

「あのころはほら、結婚するつもりだったからさ、片っぽは洋平が持ってて、とか言って、同じ部屋の中でも別々のところに置いたりしてたんだよ。若かったねー」

結婚！　洋平は横っ面《つら》を張られたような気がする。

そして頭の中は、突然混乱し始める。

俺はほんとうに、二ヵ月後に順子の知らない誰かと結婚するんだろうか。そっちのほうが夢の中のこと、あるいはいまあるこの世界とパラレルになっている別の世界のできごとではないのか。俺はほんとうに結婚などという、とんでもないことをする気なのか。たとえば婚約解消なんて、おだやかではないことをする気はないにしても、式の期日の延期とか、あるいは入籍はなしにするとか、人生にはいろいろな選択肢があってしかるべきではなかったか、云々《うんぬん》。

洗濯機を買うとか買わないとか、俺がほんとにしたいのはそんなことではなかったのではないか。少なくともあと数ヵ月、いろんなことを考えて。

たとえばここで順子を抱き寄せて、あの日ドリーをベースメントに運んだようにベッドルームに連れて行ったらどうなるのか。

たとえばいまここで、彼女を抱き寄せて。


「それで、彼女は何してる人なの？」

相変わらず無邪気な調子で、順子が目を細めて笑う。

「え？」

「洋平のいまの彼女だよ」

「え？」

「冷蔵庫にメモが貼ってあるよ」

「え？」

順子のひとさし指の先には、たしかにこんな貼り紙があった。

（洋ちゃん、よく考えたら来週の土日も予定が入ってた。買い物は再来週にしよう
千春）

「洋平、変わんないねー」

目の前で順子が笑った。

仕方なく洋平も笑い、会社の三年後輩の子だよ、俺より仕事ができるんだよ、と、おどけてみせた。

詰めが甘いという言葉はきっと、俺のためにある。そう洋平は思って、どちらにしても現実に順子と何か起こしたら問題があることくらいわかっていたと、自分の気持ちを慰撫《いぶ》しにかかった。

まあ、こんなのはどう考えても夢じゃない。きっとブルートは出てこない。

「結婚」

そう、洋平は口に出した。

このまま今日別れたら、順子とはもう二度と会わないのかもしれないし、また会うにしても、二ヵ月後に迫った結婚のことを、こうして二人で会っているのに話題にもしなかったとしたら、いずれにしろ順子はいい気持ちがしないだろうと思ったからだ。

ところがいざとなると、結婚するんだ、という明確な言葉が出てこなくて、

「しようかなと思ってるんだ」

と、時期も意志もいまひとつあいまいな表現になって口から飛び出した。

「そうか。そうねえ。そろそろしたほうがいいねえ」

順子が淋しそうな顔をしたと、洋平は思う。それが半ば自分のあいまいな感情を投影させたものだと、気づいていないこともないが。それにしても彼女は恋人と別れたばかりなのだし、やっぱり言わないほうがよかったのだろうかとも、思う。

それから二人は話題を変えて、またのんびりと、たわいない話をした。

かつて二人が過ごした電車の音のうるさい1DK生活のことは、どちらも口にしなかった。

順子と別れてしばらくして、引っ越してきたこのマンションは、閑静な住宅街の一角にあって、あまり物音が聞こえない。

だからその日曜日の午後を、二人はただただ静かに過ごした。

そして順子は新幹線の時間があるからと、帰り支度を始めた。

なんだよ、九時すぎだろ、飯くらい食おうよ、と言うと、こんな時間になっちゃったから、うっかりすると乗り遅れる、ちょっとね、電車乗る前に丸善か八重洲ブックセンターに寄りたいの、新幹線でお弁当食べることにする、と順子が言った。

東京駅まで車で送るよ、と言うと、ううん、どっちかというとこのままここで別れて一人で帰りたい、一人で駅のあたりをちょっと歩いて、それから帰りたい、と順子が言った。

それがどのような心情から出てきた言葉なのか、ほんとうのところは計りかねたし、もしかしたら額面どおりの意味以外ないのかもしれないが、一人になりたいと言う順子が、なんだか急にいとおしくなって、そんなことを言わないで送らせろよと、口に出しかけるけれども、洋平は言わない。

「これ、もらってっていい？」

順子は黄色い陶器の長靴を手にとった。

あのころはほら、結婚するつもりだったからさ、という順子の声が頭の中に響いた。

片っぽは洋平が持ってて。

「おう、持ってけよ」

と、洋平は答えた。だって、俺に持たせておいてくれとは、言えないじゃあないか。

「ほんとにここでいい」

そう言って玄関先で順子が、さよならを言った。

洋平は仕方なく、元気でな、と言って肩の上に手を上げた。

＊

そのまま気が抜けたようになってベッドに倒れこんで数時間が過ぎ、深夜近くになって洋平は、千春の電話で起こされた。

電話くれるって言ったのに、ちっともかかってこないんだもん、もう寝ちゃうよ私、と、耳元で聞きなれた声がした。

「なにしてたの？」

と、千春が訊ねる。

「寝てた」

「ずっと？　午後中？」

「うん。ほぼ」

あきれた、と電話の向こうで婚約者が言った。

夢を見てた。カラスのブルートが出てくるやつ。駅のあっち側のアパートに住んでてね、知ってるだろ、前に住んでたところだよ。あのころによく遊びに来てたカラスでさ。

そう言いかけて、洋平は本棚の上に目をやる。

黄色の陶器の長靴は、もうそこにはない。

きっと洋平は二度とあの置き物を見ることはないだろう。

とはいうものの、ほんとうのことをいえば、黄色の陶器の靴の片割れが洋平の本棚にあったことなどあるのかどうか、それを洋平は覚えていないのである。

ダイエットクイーン

もうすぐ取り壊される築三十五年のそのアパートには、棟全体にいちじるしくカレー・スパイスの香りが漂っていた。

そういうとまるでその日だけカレーの匂いがしているように聞こえるけれども、実はこのアパートにはいつでもカレーの匂いが漂っている。というのも、全六戸のうち二戸に、パキスタン出身の出稼ぎ労働者が住んでいるのだ。

しかしとにかくものすごい勢いでカレーの匂いがしていた印象が強いのは、ほかならぬ鍋島郁美《いくみ》の部屋に、そのカレーの大鍋が持ち込まれたためだった。

なぜ、その大鍋が郁美の部屋に持ち込まれたかというと、そこではいましも不思議なご近所メンバーによる食事会がもたれようとしていたからであり、なぜその食事会がもたれ、またそれがなぜ不思議かというと……。

ことは順を追ったほうがわかりやすい。

それはおそらく、郁美が泰司《たいじ》を追い出そうとした日に遡《さかのぼ》るのが正しい。

しかし、鍋島郁美が長谷川泰司を部屋から追い出そうとすることなど、パキスタン人がカレーを作る回数ほどあることを考えると、あの日を特定するには、谷口マナの話から始めなければならない。

谷口マナが意を決して部屋を出た日。パキスタン人のアジズがカレーを作り、郁美が泰司とケンカをするくらい頻繁に、マナの意識に上りながらも決断できなかった、ある行動を彼女が取った日だ。

アパートの住人たちはみな、かなり深刻な金銭問題を抱えていたが、谷口マナはその試練からは免れていた。というのも彼女は第一伊藤荘に住む唯一の小学生、まだ十一歳の児童で、母親の金銭的庇護《ひご》下にあったからだ。

そのかわりに、谷口マナには他の住人たちが分かち合うことのできない問題があった。子どもは大人とは違う時間の流れを生きている。アパートの住人の誰一人として、彼女がだんだん変化してくる自分の体を持て余す年齢に差し掛かっていることになど気づかなかったし、そんな年齢の谷口マナが抱えている漠然とした不安を知らなかった。

子どもにとって世界とはそうしたものであり、その不安定な世界の存在が大人に理解されることは、ほとんどない。

その小さな女の子はするりと郁美の部屋の玄関に入ってきて、

「ちょっと居場所がないからここに来ててもいい？」

と、いやにはっきりした口調で言ったのだった。

出てってよ、と言いながら、郁美がドアを開けて泰司を突き出したところだったので、女の子は、揉《も》める二人の腕の下を、くぐり抜けたことになる。

いいよじゃあ出てくよ、と口に出そうとしていた泰司は、

「ほうら、この子だって困ってるじゃないか、そういうエキセントリックな態度は郁ちゃんらしくないよ」

と、とつぜん何かに力を得たかのように言い放つ。

「この子って何よ。どこの子よ。泰ちゃんとどんな関係があるのよ。私はもう泰ちゃんとは、やってけないの。もう私とは関係なく生きてってよ。私たち、おしまいなんだから」

そう、大声で怒鳴る郁美に向かって、

「私は隣に住んでいる谷口マナです」

と、その子は言った。

「ほら、隣の谷口さんとこの女の子じゃないか。困ってるみたいなのに」

なんとか話の論点を逸らして、また家に入ろうとする泰司を鬼のような顔で睨《にら》みつ

け、どうしたの、お隣さんちで何かあったの、と、子どもを見もしないで郁美が質問すると、女の子は、お母さんのところに男の人が来てるから、と、小さな声で言った。

郁美が住んでいるこの小さな部屋に泰司が転がり込んできて、それから数週間後に隣に入った夫婦者が、ほんとうに夫婦であるかどうかなど、考えてみたこともなかった。その子どもがどちらかの連れ子である可能性も、もちろん想像したことがなかった。

むろん夫婦者とおぼしき二人と同居している子どもがこの少女だとするならばおそらくあの二人は夫婦ではないが、いまどき夫婦でないものがいっしょにいるからといって、べつに珍しい話ではないし、シングルマザーに恋人がいるというのは、どちらかといえば美しい話でもある。

ところが、泰司と郁美がほとんど同時に思いついたのは、郁美の部屋の左隣の男女は、週に二回ほどたいへん大きな声を両方で上げて性生活を営むので、その日が来ると壁越しにそれを聞かされる者としては、なんとなく意欲が減退して、二人で大音量をあげてＤＶＤを見るようなことになるのだった。

そりゃたいへんだね、と思い出したように少女を見て口に出してから、泰司は、これまでも何度かそういうことがあったように記憶しているけれども、その間この女の子はどうしていたのだろうかと、とつぜん降って湧《わ》いた疑問に取りつかれ、しげしげと谷口マナの顔を見つめた。

「押入れの中」

谷口マナは泰司の心を読んだように答えた。でも、今日はやんなっちゃったから、お兄ちゃんのところに来たの、と言って、ちょっとうるうるした瞳を泰司に向けたので、聞いたかよ、お兄ちゃんのところに来たんだって、だからさあ、うるさいこと言わないで、俺とマナちゃんを入れてよ、僕からもお願いします、と、泰司はいとも図々しくその場を利用する態度に出たのであった。

怒りの持って行き場をなくして茫然《ぼうぜん》と立っていた郁美は、

「なんだか私がイジワル女みたいじゃない、入ったら」

とぶっきらぼうにドアを押し開けて、言った。

三人で借りてきたDVDを見ていると、隣室では儀式が始まった。しばらくすると、けたたましいあえぎ声が治まり、男が出て行く音がして、谷口マナはお世話になりましたと挨拶《あいさつ》をして帰って行った。

その日以来、なぜだか谷口マナは郁美の部屋に頻繁に遊びに来るようになったが、昼間はダイエット食品の通販会社でお客様コール係のアルバイトをし、夜はアフリカン・ダンスの練習に出かけていく郁美ではなく、部屋でごろごろしている泰司が、もっぱら谷口マナの応対を務めることになった。

学校から帰ると、マナはまっすぐ泰司のいる部屋に向かう。中性的でつるんとした毛の薄い顔の泰司は、年よりずっと子どもっぽくて、どうかすると二人は兄妹のように見えた。

「マナちゃんはさあ、お母さんのところに男の人が来ると、いつも押入れに入ってたわけでしょ」

昼間、郁美のいないアパートで、三時のおやつのサッポロ一番塩ラーメンを仲良く二人で分けながら泰司が聞くと、谷口マナはあいかわらず小さな声で、

「そうなの」

と答えた。

「押入れに入っててって、お母さんが言うわけ？」

「そうじゃなくて、うちには寝るところがそこしかないから」

「押入れに入って、襖《ふすま》は閉めるんだよね」

「閉める」

「ていうことは、お母さんの男の人は、マナちゃんがそこにいるって知らないわけだ」

「知ってる」

「知ってるの？」

「知ってる」

「だよなあ」

知らないわけないや、と思いながら、泰司はツルツルとラーメンをすすり、小さなお椀《わん》のラーメンを残しているマナを見て、なんだか気の毒に思いながらも、腹が減っていたので、これお兄ちゃん食べていいかなあと言って、奪うようにそれも食べた。

「だけど、あれでしょう。お母さんの男の人が来ると、その、うるさいっていうか、こう、あれでしょう」

「そうなの。あれなの」

「それじゃ、寝られないでしょう。だってさあ、こないだだって、あれもう、子どもは寝る時間だったでしょ」

「まあね」

そう言ったきり、少女は手元の雑誌に目を落とし、わりと真剣にページをめくる。

郁美が職場から持ち帰った雑誌には、レオタード姿で悠然と微笑む「ダイエットクイーン」たちが、繰るページ、繰るページ、同じポーズで勝利宣言をしている。【こんなに太っていた私が、六ヵ月で別人に。夫が泣きながら「もう一度新婚旅行に行こう」と……。】

谷口マナは、その日こっそり郁美の会社の広報誌を持ち帰った。

押入れの上の棚に攀《よ》じ登ると、うすいマットレスを敷いた棚板の上に尻をつき、足をぶらぶらさせて借りてきた雑誌の、折っておいたページを開いた。

【当時九十キロを超えていた私は、街中で誰かにぶつからずに歩くこともできませんでした。「丸くてかわいいよ」と言ってくれていた主人も、いつのまにか私の体型についてはロをつぐむようになり、私を女として見てくれなくなりました。夫婦の間にセックスはなくなり、夫の帰宅時間も遅くなりがちに。そして、夫が忘れていった携帯に入った着信を見て、浮気が発覚。帰宅した夫を問い詰めると、「おまえがコニシキみたいなデブにならなけりゃ、こんなことにはならなかった」という言葉を投げつけられたのです。以前の私なら、夫を責めて泣き喚《わめ》いたと思いますが、鏡の前で見る自分の姿に、(これでは夫の気持ちが離れていくのも仕方がないかもしれない)と、哀しいけれど納得してしまったのも事実。(こんどこそほんとうに痩《や》せよう。バカ食いともさよならしよう)そう決心して私が手に取ったのが、『ミラクル・ファイバー・スーパーXダイエット』。まさに運命の出会いでした。】

【『ミラクル・ファイバー・スーパーXダイエット』に出会うまで、私は処女でした。彼氏いない歴二十六年。小学生のときから肥満体だった私は、男の子たちからも「圏

外」の存在であり続けたのです。】

がちゃがちゃ、と鍵が挿しこまれる音がして、玄関に目をやると、ドアが乱暴に開き、男が顔を出した。谷口マナは、ぶらぶらさせていた脚を大急ぎで上げて、押入れの襖のへりを握りしめた。

志摩子は？と男が言うのに、ぷるぷると左右に首を振ると、男は嘗《な》めまわすような目で谷口マナを見て、そのままぷいといなくなった。

母親の谷口志摩子が今日は仕事で出ていることを、男が知らないはずがない。そう思うと、谷口マナは不安になる。

あの男が、もっと気味の悪い目で自分を見るようになる前に、なんとかしなくてはならない。

そしていましも、彼女は天啓を得たところだったのだ。

雑誌をつかんだまま、谷口マナは、押入れのマットレスの上にごろんと転がり、うつぶせの体勢をとった。手を伸ばして、懐中電灯の明かりをつけ、ほら穴で秘密の地図を見るようなかっこうで、もう一度ダイエット食品会社の広報誌の文章を反芻《はんすう》した。

うっとりと、谷口マナはダイエットクイーンたちの、「ミラクル・ファイバー・スーパーXダイエット使用前」の写真を眺めた。どーんとした、その太い体。なにものもよせつけないかにみえる大きさに、強い憧れを抱いた。

いつだったか、あの男は悪し様《あざま》に、太った女を嫌いだと言ったのだった。女に見えない。圏外。なんとすばらしいことだろう。この太った女たちは、あの気味の悪い視線を断固拒否するパーフェクトな肉体を持っているのだ。

しかもいつの日か、運命のダーリンが人生に立ち現れたときには、人は「ミラクル・ファイバー・スーパーXダイエット」で、理想のプロポーションを取り戻すことができるのだ。

その日まで。

大きくなりたい。

そう、押入れの中で小さな谷口マナは考えた。

「だけど、そこの家だってウチと同じ間取りなんだから、押入れで寝るのは仕方ないんじゃないの？　物理的にそうするしかないわけだから。部屋なのよ。押入れは」

帰宅した郁美は、泰司のすっかり同情したような報告ぶりに苛立《いらだ》った。だいいちなぜ居候の泰司と隣の家の娘が、郁美の買ったラーメンを食べて和んでいるのかがわからない。誰でもいいから、一円でも稼いで来てほしいもんだ。

「それよかよっぽど、泰ちゃんのほうが危ない。昼間っから小学生と二人でアパートに閉じこもってたら、幼児性愛者による監禁とかそういうことになるんだよ。気をつけてよ。もし、昼間っからあのコ預かるんだったら、谷口さんからベビーシッター代貰《もら》いなさいよ」

おまえ、そういうこと言うかよ、あの人んち、金ないんだよ、公共料金も払ってないんだよ、そんな人から金貰えないだろう、と泰司は反論する。

「なんでそんなにお金ないの。仕事してないの？」

昼はスーパー、夜はスナックでバイトしてるけど、なんか借金もあるらしくて、それだけじゃ暮らしは成り立たないから、主婦雑誌に節約のコツを投稿してトイレットペーパーもらったりしているらしい、と泰司は言った。

「ちょっと待って。節約のコツってどういうこと？　払わないってのは、節約とは違うんじゃないの？」

にんじんは皮を厚く剝《む》いてとって置き、ある程度まとまったらそれをまとめてキンピラにするとか、ヘタのところは捨てずに培養して、伸びてきた新芽をおひたしにするとか、なんだかそんなことを主婦雑誌に投稿すると、キッチンタオルが送られてきたりするらしいんだ、と真顔で泰司は応対した。

「投稿するためには葉書買わなきゃいけないじゃん。そっちのほうがもったいない」

と、郁美が怖い顔で言うと、葉書は、未使用の年賀状を書き損じといっしょにゴミの日に捨てる人がいるので、それをまとめて拾って郵便局で交換してもらったらしい、と泰司は答えた。そんな細かいことまで、谷口マナが泰司に話していることにも驚いたし、隣の家の主婦が燃えるゴミの中から書き損じの葉書を拾い集める姿を想像して郁美はあっけにとられる。

「ま、どっちにしても、ほんとうに危ないわよ、泰ちゃん。子どもって言ったたって小学校の高学年でしょう。かわいい顔して何考えてるかわかんないんだし。それよりとにかく昼間泰ちゃんが家にいるっていうのがヘンだわ。どっか働きに行きなって」

そして二人の間にまた険悪な空気が流れるのだが、そんなときには決まってごんと戸を叩《たた》く音がして、谷口マナが顔を出し、断るわけにもいかずに招き入れると、しばらくしてあの凄《すさ》まじい音声が鳴り響き始めるのであった。

そんな第一伊藤荘ではあったが、しばらくしてこのアパートを揺るがす一大事があった。

大家が取り壊しを告知したのだ。入ったときからボロボロで、いずれそんなことになるのではと、入居者たちは、うすらぼんやりと感づいていたものの、フローリングでユニットバスもついた新しいタイプのアパートに生まれ変わり、ネーミングもヴィラ・ド・イトウというカタカナ名になることが決まった以上、一組として留まれる予算のあるものはいなかった。

いままで何も会話のなかったアパートの住人たちは、困ったものですとか、先行きがねえ、などといった挨拶を交わすようになり、そんな中から郁美にとっては朗報とも言うべきできごともあった。

パキスタン人のアジズが泰司に仕事を紹介してくれたのだ。

うちの泰ちゃんもずっとああやってぶらぶらしているもんだから、私のアルバイト代だけでは出せる家賃も限られているし、ここより安いところを探すのはほんとに難しいのよねえ、とボヤくと、だけどだいじょうぶだよ日本人だから、だいじょうぶじゃないのは、私たちでしょう、ほんとに行くとこないよ、とやたら流暢《りゅうちょう》な日本語で語るアジズは、滞日二十年のベテランで、201号室には常に不法就労の外国人が何人か居候している。一階下に住んでいるのはアジズの友だちのイブライムとその居候たちであることを、この会話の中で初めて郁美は知った。入れ替わり立ち替わり「就労」しにやってくる外国人たちが、みなこのアパートで暮らし、夜勤のものは朝寝に帰り、朝早いものは交替で出かけていくようなのだが、郁美にはほんとうのことを言うと誰が誰やらさっぱりわからない。谷口マナですら押入れで寝なければならない余裕のない間取りに、収まるはずのない人数が出入りしているように思われるのだが、彼らが単にカレーを食べに来る友だちなのか、それともあの部屋の住人なのかもわからない。

アフリカン・ダンスとドラムを習っていて、いつか本場のダンスを見に行くのが夢である郁美にとって、パキスタンはアフリカではないとはいえ外国にはなんとなく憧れがあったので、こんどアジズのカレーを食べさせてよ、と言うと、ほんとに辛いですから、でもとってもおいしいよ、アパートが壊れるまえにしましょうねと、濃い髭《ひげ》をたくわえたアジズはチャーミングに微笑《ほほえ》んでみせた。

こうして人当たりのいいアジズと陽気な郁美は話をするようになり、アルバイトの日本人青年が急にぱったり来なくなってしまった穴を緊急で埋める必要があるのだが働いてみないか、という話が泰司に持ち込まれた。アジズは居酒屋チェーンで店長代理の地位にまで上りつめた商売上手なのだ。

「夜だから割り増し。そして日本人、私たちより時給がいいね」

「泰ちゃん、やってよ。今度こそ」

そう言われてもなあ、俺、夜はどうしても眠くなっちゃうのよ、とごねる泰司も、店長代理と同居人が二人して説得にかかると拒否できず、しぶしぶアジズの勤務する居酒屋に雇われていった。

泰司がアジズの店の夜勤に出ていて、郁美が一人で部屋にいるときに、あいにく谷口家にお母さんのボーイフレンドがやってきて、谷口マナがまた押入れを抜け出してやってきた。

ごんごんと戸を叩くのでいつものように中に入れたのだが、部屋に入ると隅のほうに邪魔にならないように座って、谷口マナはまた「ダイエットクイーン」の体験談のページを静かにめくる。

しばらくすると、いつもと同じように、おぉん、おぉんという雄叫《おたけ》びのような声が聞こえてきたので、郁美はマナを見て、今日、泰ちゃんいないんだよ、ゲームでもする？　と尋ねる。マナはこっくりとうなずく。

こんなとき小学生は何を考えるんだろうと、郁美は思い、泰司の武闘系ゲームコレクションの中になぜか紛れ込んでいた、流れ星を集めて歩く動物キャラストーリーを見つけて渡してやる。

小学生だったころなんて、そう昔のことでもないような気がするのに、郁美にはこの女の子が何を考えているのか、さっぱりわからない。

そういえばずいぶん大きくなるまで、それこそ小学校の高学年まで郁美は両親といっしょの部屋で寝ていて、川の字と言えば真ん中の一本線が短いことからもわかるように、子どもが真ん中であるのが普通なのに、鍋島家の川の字はそれこそ子どもが書いた字のように端っこが妙に短いイレギュラー・バージョンであったことを、郁美は思い出した。

　地方出張から帰った父親をうれしそうに母親が迎えた夜、寝ぼけて目覚めると、「しよう」「そうだよ夫婦だもん」、という忘れもしないフレーズを両親が交わして、抱き合っているのを目撃したものだが、べつにそれで驚きもせず、そうだよ夫婦たあそういうもんだろうと納得したのは、テレビだって映画だってあるんだし、そのころにはもうものごとがわかっていたからではなかったか。しばらくして、そういう光景を見ることがなくなったのは、中学生で一人の部屋が与えられてからだ。

　それでも、両親がそうしているのと、母親とその恋人がしているのとでは、受け止め方はぜんぜん違うんだろうか。

　そんなことを取りとめなく考えている郁美の頭に、急にあるアイディアが浮かんだ。

「マナちゃん、屋上に行こうか」

「屋上？」

「屋上あるんだよ。行ったことない？」

「ない」

「行く？」

「行く」

　カランカランと錆《さ》びた外階段を鳴らして、「屋上に出てはいけません　大家」と貼り紙のある冷たい灰色のドアを開けると、子どもにはじゅうぶん広い真四角な空間が東京の空の下に広がった。

「これ、敷きなよ」

と、郁美はさっきまで谷口マナが熱心に読んでいた会社の広報誌をポンと投げ、自分もそこらにあった雑誌を広げて座布団代わりに尻の下に広げると、ほうらこういうの楽しいでしょ、と言って、コカ・コーラの缶をプシュッと開けると、持ってきたコップに半分注いで、それを谷口マナに渡した。

「ありがと」

そう言って、谷口マナがコップを受け取ると、ちょっと待ってて、と言うなり郁美は屋上に少女を残して階段を降りる。

ちょっとが永遠になりませんように、一人でいるときに嫌なことが起こりませんようにと、自分の人生をまだ自分の手では切り開けない年頃の女の子は、いつもいつも胸の中に抱えている不安を、小さくぽつんと口に出して、それから星のまばらな空を見上げる。

ほんとうにちょっとしたらラジカセと懐中電灯を持った郁美が戻ってきた。

「いまからここで練習するからさ、マナちゃん、見てなよ」

そう言うと、屋上の床に懐中電灯を置き、ラジカセのスイッチをオンにして、郁美はダンスを踊り始めた。

イェイ、イェーイ、イェイ、イェーイ、イェイ、という声に合わせて、ぴんと張った皮に木の実が落ちるような、パラパラ、タン、タタタン、と激しい太鼓の音がして、郁美は手足や首をしならせる。ぴったりと上半身を包むTシャツと、腰にふんわりと巻いた布が、音楽に合わせてくねくねと動く。床に放り投げられた懐中電灯の照らす足が、ひょこひょこと地面を蹴《け》って舞い上がる。

「マナちゃんも、やってごらんよ」

郁美が手招きをするのに、首をふるふると振ってはにかみながら抵抗していた谷口マナだったが、いいじゃん、誰も見てないし、やってごらんよ、と何度も誘われるのに少しだけ気持ちを動かして、床に手をついて立ち上がり、見よう見まねで体を揺する。

「こうやって、こうやって。そうそう手はこっち。お皿を持ってるみたいにして。いいでしょ、いいでしょ、気持ちいいでしょ」

しばらく二人は屋上で踊り続けた。

息が切れて、もうダメだ、と谷口マナは言って座り込み、郁美が笑いながらラジカセを止める。おもしろかった？ と郁美が尋ねると、谷口マナは、うん、とうなずき、

「郁ちゃんは、ダンサーになりたいの？」

と、聞いた。

「えー。プロのダンサーになんか、なれっこないよ。それより私、お金貯めて、西アフリカに本物のダンス見に行きたいんだ」

「ふうん」

「マナちゃんは、大きくなったらなにになりたいの？」

床に広げた雑誌の上にぺたんと腰を下ろし、体育座りをして郁美を見上げた谷口マナが、あらかじめ用意していた答えであるようにためらいもせずに、

「ダイエットクイーン」

と言ったので、郁美はぷははと笑った。

「ダイエットクイーンになるの？」

「中学を卒業したら、家を出るの。そうしたら痩せてダイエットクイーンになるの」

「おっかしいね、マナちゃん。マナちゃんみたいな痩せっぽちは、ダイエットしなくてもいいんだよ」

「じゃ、太る」

「ダイエットクイーンになりたいから、マナちゃん、まずデブになるんだ？」

「そう」

郁美は噴き出して、つられて谷口マナも笑って、そうして屋上で二人の女は愉快な

時間を過ごした。

郁美はもう一度ラジカセから音を流し、ときどき身を揺すったり、ゲップをしたりしながら、少女の隣で音楽に聴き入った。

郁美の体温を感じながら、谷口マナは、自分が太って太って太って太りきるところを静かに想像した。

風船のようにぱんぱんに膨らんだ谷口マナが、ぷうわりと宙に浮かび上がって、星空の下を浮遊するイメージを思い浮かべた。全身が、大小のハムを繋《つな》ぎ合わせてできているような自分の姿を想像していると、あの男が部屋に来るときの、得体の知れない不安から、なんとなく解放されるような気がしたのだ。

第一伊藤荘で、記念すべき第一回日パ親善カレーの夕べが持たれることになったのは、取り壊しが決まって、すでに何組かの人が引っ越していったあとのことだった。

夜勤シフトになっている店長代理と長谷川泰司の予定で、少し早めに設定された夕食会の時間が近づくと、アパート全体にスパイスの香りが漂い始めた。

泰司はアジズの部屋に上がりこんで、店長代理がスパイスを調合しているのを見学した。

男ばかりが住んでいるアジズの部屋のむさくるしい臭いに、カレーの強烈な香りが燻《いぶ》し勝っているような印象を与える散らかった部屋だった。壁の結露跡を隠すためとアジズが照れながら言い訳するあっけらかんとしたプレイメイト風のヌードポスターの、黄色くなったセロテープが外れて、右端をめくりあがらせていた。カウボーイハットとウエスタンブーツのほかは、どういう意味があるのかわからないシースルーの布を纏《まと》わりつかせただけの巨乳の女のポスターを眺めながら、へーえ、パキスタンの人もこんなの貼っちゃうんだね、と感心したように泰司が言うと、日本の生活、ガイジンにはとても厳しいだからねえ、と、まるでその厳しさを癒すためにこれが貼られているのだと言わんばかりにもっともらしく語ったアジズではあったが、学校から帰ってきて泰司の部屋を訪ね、「201号室でカレー作ってます」という貼り紙を見て部屋にやってきた谷口マナが眉《まゆ》の間に皺《しわ》を寄せてそのポスターを見たときは、さすがに困ったらしく手で顔を覆った。

その少しあとで郁美はアルバイト先から帰宅し、泰司の貼り紙と漂ってくるカレーの香りで事情を納得し、部屋を整え始めた。

郁美と泰司、それからしょっちゅう遊びに来ている谷口マナ、そしてアジズとその友だちが何人か、という構成になるはずの夕食会は、アジズの部屋よりは整頓《せいとん》がなされている郁美の部屋でもたれる予定になっていた。

日が暮れると、どこからかアジズの友だちが集まってきて、さっさと部屋の奥の一角を占領してしまったときは、郁美もかなりびっくりしたが、それよりさらに驚いたのは、こんにちはと言いながら谷口マナの母親が顔を出したことだった。あとで泰司と郁美は、あれはいわゆる節約の一環ではなかったかと話すことになるのだが、それまで挨拶ほどしか交わしたことのなかった谷口マナの母親は、いつも娘がお世話になっているからほんの御礼にとキッチンペーパーをロールごとくれた。もちろんこれも何らかの節約ネタの投稿で、無料でもらったものをわけてくれたに違いなかった。とにかく、突然お礼に来られて、しかも谷口マナも招いて食事の準備をしていたわけだから、成り行き上、お母さんも召し上がりませんかという話になってしまった。

大鍋をがっしり握って、「気をつけて、気をつけて」と言いながらアジズが二階から降りてきて、「はいはい、どいて、どいて」とまた別の鍋を抱えて泰司があとに続き、その後ろを楽しそうについてきた谷口マナは、郁美の部屋の奥に五人のパキスタン人が、そして中央に自分の母親が座っているのを見つけて、ちょっとギョッとした顔をした。

年齢の読めないこの母親は、人見知りもなくパキスタン男性の横に座って、媚態《びたい》ともとられかねないねっとりした笑いを浮かべて、彼らの片言の日本語に応じている。

ガスレンジに鍋を置いたアジズは、卓袱台《ちゃぶだい》が足りないからと大股で二階に折りたたみの小さな机を取りに行き、それからみんなにごはんを盛った皿が配られて、卓上に黄土色とオレンジ色のカレーが並び始めると、さすがに和やかな雰囲気になってきた。アジズ特製のヨーグルトサラダには、角に切ったトマトとキュウリが入っていた。

そうして食事が始まり、会話は三班に分かれて展開し始めた。

まずは奥のパキスタン・グループ。彼らはいつのまにかウルドゥー語になってしまい、何事かを熱心に語りだす。

その横では、アジズが、イラッシャイマセ、もっと大きい声で言えるでしょう、お客さん、顔、早く覚えてね、二回目に来たら、お久しぶりですね、と言ったら、お客さん、うれしいでしょう、リピーター率、高くになるんですよと、泰司に説教をしていた。

もう一班は、谷口志摩子で、郁美を相手に節約のコツを伝授する。ガスと電気は止まっちゃうことあるけど、水はめったなことじゃ止めないし、どっちにしてもライフラインというのは、そう簡単には止められない。三ヵ月滞納して一ヵ月分払うくらいのペースでもじゅうぶんいけるから。

いけるって言われてもな、と郁美は思った。意外に話し好きらしい谷口志摩子のペースに巻き込まれ、しきりと感心したような相槌《あいづち》を打っていたが、ふと横を見ると、慣れない雰囲気と、カレーの辛さに萎縮《いしゅく》したのか、ぜんぜん食の進まない谷口マナが目に入った。その隣で、アジズによる居酒屋店員の心得を聞き流している泰司に、なんとかしてあげなよ、と目で訴えると、泰司もこの情況から逃れたいと思っていたところだったので、マナちゃん、だいじょうぶ？　辛くて食べられない？　と話題を少女に振ることにした。

ちょっとからい、と谷口マナが言うので、待ってな、振りかけとかあるからさ、と言って泰司は立ち上がり、パキスタン・グループの背中にどたばたぶつかりながら冷蔵庫へ向かう。

手持ち無沙汰《ぶさた》になった、おしゃべり好きのアジズは、谷口マナに話しかける。マナちゃんは、大きくなったらなにになるの？

「ダイエットクイーン」

確信を持って谷口マナは答える。

「ダイエットクイーン？」

「痩せてきれいになるの」

「マナちゃん、いまも痩せてるでしょう」

「だからこれから太るの」

冷蔵庫から戻ってきて、振りかけの瓶を突き出しながら、太ることないじゃない、太ること、と泰司が会話に割り込むと、

「どんどん太るの。中学を卒業したら痩せて、そしてダイエットクイーンになる」のりたま振りかけをぱらぱらごはんにかけると、猛然とそれを掻《か》きこみながら、谷口マナがそう言った。

ははは。子どももっておもしろいよね、ほらさ、これ見て、そんなこと言ってんだよ、ダイエットコンテストの女王がかっこいいんじゃないの？　と、泰司は部屋に転がっていた郁美の会社の広報誌を手にとってアジズに見せ、ダイエット食品使用前の写真を見て、うわ、イヤだなあ、こんなデブ、と言ったが、アジズは真顔で、ニッポンの女の子、痩せすぎだよ、私はこのくらいふっくらしたのもいいよ、と応戦した。

「泰ちゃんも太ってるのがいやなの？」

谷口マナが、つぶらな瞳で泰司を見上げる。

「いや、まあ、程度問題だよね。こういうのは、ちょっと俺は、ごめんなさいって感じ」

と答える泰司に、答えているのかひとりごとなのか、

「デブはぜったいイヤだ。デブだけは手ェ出さない。デブはぜったいやる気になんないって、マサシが言ってた」

微笑むダイエットクイーンの写真を見つめながら、きっぱりと言う谷口マナの声がものすごく真剣で、どこかいつもと違うように思えて、長谷川泰司は不思議そうにマ

ナを見る。

泰司以上に驚いた顔をしたのは、向かい側に座って、スーパーの売れ残りをもらってくる秘策を滔々《とうとう》と郁美に語っていたはずの谷口志摩子で、耳を射抜いた言葉がなにかの暗号ででもあったかのように、体をびくんと痙攣《けいれん》させて、自分とそっくりの二重まぶたに茶色の瞳を持つ娘の目の中を覗《のぞ》きこんだ。


大家の指定した期限が迫って、アジズと友人たちも移転先をみつけて去っていき、郁美と泰司も引っ越し先を決め、明日はこのアパートを出て行くという日に、二人は小さなトラックに荷物を積み込む谷口母娘を見送った。

積まれるものはそう多くはなくて、いくつかのダンボール箱と、ニスでピカピカしたベニヤのところどころにたれぱんだのシールを貼りつけた簞笥《たんす》が一棹《ひとさお》、電話台にでもなりそうな小引き出し、小さな冷蔵庫、布団と座布団の類が、荷台にぽこぽこと納まり、その合間の窪《くぼ》みのようなところに、谷口マナはちんまりと乗っていた。母親は助手席に座るらしく、運転しているのが例の、声の大きなボーイフレンドのようだった。

どこへ行くの、と郁美が聞くと、谷口マナは、知らないと答え、幌《ほろ》を下ろしに現れた谷口志摩子が代わりに、行くところがないからとりあえず田舎の栃木に、と答えた。

谷口マナが郁美と泰司の部屋にちょろちょろ出入りしていたのは、ここ二ヵ月ほどのことだったのに、さようなら、と口にする谷口マナがどこか大人びて見えることに郁美は気がついた。

たった二ヵ月でも、こんなくらいの年の子は成長の速度が違うのね、と郁美が横にいた泰司に言うと、泰司もちょっと驚いたようにして、あの子、いい女になるよねきっと、と相槌を打った。

マサシ、出して。

そう谷口志摩子が言って、トラックはするりと動き出した。

カーキ色の幌ですっかり隠されてしまった谷口マナは、チャイルドシートもシートベルトもなく、布団と箪笥の谷間で、栃木までの道のりを揺られていく。

見送る郁美と泰司の胸には、同時に理由のわからない胸騒ぎが兆し、呼び止めたいような叫び声をあげたいような気持ちを言葉に出せずに、二人は互いの顔を見合わせた。

八十畳

「戻らないっすね」

と、橘 肇《たちばなはじめ》は読みかけの週刊漫画誌からふと目を上げて言った。

「すかしたね」

と、松山洋一は答えた。

「早くない？」

と、下からあがっていく口調で金子秀雄は言い、橘は、やばいやばい、と言いながら手をひらひら振った。

「あいつ何日いた？」

年かさの小池勇次は誰にともなくつぶやいた。

「三日っす」

と、橘は眼鏡をずり上げて言い、それからまた漫画雑誌に目を落とした。

それから誰も何も言わなくなった。

電気が消え、しばらくすると誰かの高いびきが聞こえ始めた。

会話をしていた四人のほかに、部屋にはもう一人体軀《たいく》の大きいのがいて、その男はとうに眠りこんでいたが、あまりに深く眠っていたから、音すらたてなかった。さらに奥で転がっている男が、どうやらいびきの元凶のようだった。

スタンドの明かりをつけて漫画を読みふけっていた橘もついに布団にもぐりこみ、寝る体勢に入った。

時刻は十一時少し過ぎで、そう遅い時間ではなかったが、部屋の中ではふくらんだ大きな腹をした男たちが、体を丸めたり伸ばしたりしながら眠りにつこうとしていた。

その日そこで横になっていた男たちは、一人をのぞいて全員巨漢だった。大きくなること、太ることは彼らの、職業的な課題でもあったからだ。

いくら彼らの体が人並み以上に大きいといっても、たった六人が眠るには広すぎる部屋だった。

八十畳じきのだだっぴろい大広間で、何の仕切りもないのだ。まるで、大きな温泉浴場にある休憩場のようである。縁のない青畳がただただきっちり八十畳並んでいるのだった。

そこは「松ノ波部屋」という相撲《すもう》部屋の、力士たちが寝起きする場所なのだが、大所帯として名を知られた部屋が手狭になって引っ越したので、建物を譲り受けて、親方が年の初めに開いたばかりだった。

二階の大広間に、入門を許された四人の力士と序の口行司、コーチとしてよばれた元力士とが、ぽつん、ぽつんと自分の布団を置き、服やこまごましたものを入れたプラスチックの収納ケースや金属製の棚をめぐらせて、かろうじて「陣地」のようなものを形成している。

行司と二人の力士は二十歳、あとの一人は十八歳、コーチの元力士が二十六歳で、最年長力士は三十を少し越えたばかりだった。

その八十畳から、昨夜まではたしかにいたはずのもう一人がいなくなった。

部屋のいちばん奥に置き去りにされた布団は、ひろげさえすれば人が眠り込めるように、敷布団も掛け布団もいっしょに三つ折りにされた状態のまま、帰らぬ主を待っていた。

逃げ出した男の名前は河崎豊といって、まだ十五歳の部屋最年少で、新弟子検査を控えている身だった。

新弟子検査に合格する前はまだ「お客さん」だから、けいこだってそんなに厳しくはないのに、この段階で逃げているようでは、おそらく連れ帰っても仕方がないだろうと、うとうと眠りかける頭で、橘肇は考えた。

奥の橘肇から四畳ほど離れた一角で、ＵＦＯキャッチャーの戦利品に埋もれるようにして横になっている金子秀雄は、実は眠ってなどいなくて、自分が昨日のけいこでやらせた、砂袋を抱えてのスクワットが、少年の逃亡の理由ではないかとひたすら考え続けている。

あるいは竹刀《しない》で尻を二発ほど叩《たた》いたことだろうか。あれは気合を入れるためで、自分の感覚では撫《な》でるに等しい行為だったのだが、あれでもういまどきの子どもはびっくりしてしまって、この世界には入るまいと思ったのだろうか。

それとももしかして、おとといちゃんこ番を手伝わせたときに、あまりに反応がとろくさいのでつい怒鳴ってしまったのだが、そのときに自分は手に包丁を握っていたので、それを多少振るような形になったかもしれず、刃物の切っ先が河崎豊の恐怖心をあおり、刺されるとでも思い込んだのだろうか。

考え始めると眠れなくなってしまって、いつもは人一倍大きないびきをかいてさっさと寝てしまう金子が、この日は妙におとなしかった。

＊

けれども六人の中でもっとも眠りから遠いのは、八十畳のほぼ真ん中にぺろんと布団を敷いて寝ている松山洋一で、頭の中では「俺はなんで逃げなかったんだろう」と考えているのだった。

まどろもうというときになって、しばしば突然松山洋一の脳裏によみがえってくるのは、予告もなく顔面に降ってくる鉄拳や、腹や背中に容赦なく加えられる蹴《け》りや、羽交い締めにされた姿勢でひたすら横に振り続ける頭を、髪の毛をわしづかみにして押さえつけられた挙句に口にぴったり貼りつけられるガムテープや、そんなものが迫ってくるときの恐怖が視界を真っ白に覆いつくすような感覚だった。

それは独立した親方に連れられてこの畳替えしたばかりの八十畳に移る前には日常だったことで、もう少しばかり狭く、もう少し多い人数の、やはり若い力士ばかりが寝起きをともにしていたあの部屋では、安心して眠りに落ちることのできる日はなかった。

あのころは毎日何を考えていたんだったかと、思い出そうとしてもさだかには思い出せない。言葉にできるような何かが浮かばない。

考えるとか思うとか計画するとか、そういったすべてのことは自分から遠くあり、死ぬとか生きるとか息をするとか血が流れるとか、そんなことだけがやたらと近くにあった。

それに俺はどこかで予感してもいたのだ、と松山洋一はまた少ししてから思った。

暴力はそれ自体に意志がある。

理不尽な暴力の意志はそれを行使する誰かに取りつくときに、行使される者をすでに見つけている。暴力は、独特の嗅覚《きゅうかく》でもって、犠牲者を探し当てる。彼らはすぐに気づいてしまう。俺がそれだと。

中学・高校を通していじめに遭った松山洋一に唯一可能だった抵抗は、自宅の二階の狭い部屋の中に引きこもることだったが、そこが安住の地でないことにも、うすぼんやりとながら気づいていたのだ。

やつらをひきつけてしまう性質、肉食動物からいとも容易に、そこにいると嗅《か》ぎつけられてしまう草食動物のにおいのようなものが、自分にはとりついている。それが育った家で培われたものと無縁ではないことを、松山洋一は知っていた。

だから父親の知り合いが相撲部屋で「鍛えてもらって」みては、という話を持ってきたときには、観念して家を出た。

入門の理由を聞かれるたびにへらへらして「飯がいっぱい食えるから」と答えてはいるのだが、ほんとうはまだ独立前だった親方が家を訪ねてきて「つよくなりたくないか」とたずねたのが胸に刺さったのだ。

そのときは「つよくなりたいです」と口に出しては言わなかったし、いまだに人には「飯」を理由にしているがほんとうは、つよくなりたいのだ、と心の中で静かに洋一はつぶやいてみる。

それはいつか自分に、あの得体の知れない凶暴な力が持つ薄気味悪いほど精巧な嗅覚から逃れる何かを、くれるだろうか。

いやあれから逃れる方法なんかあるはずがない、だって俺は物心ついて以来ずっと、それといっしょに生きてるんだから、という確信めいたものが心に浮かぶと、その確信を残酷な暴力の意志が鋭く聞きつけて、そうだよ、と笑う。おまえが俺から逃れられるわけがないじゃないかと。

はぁ、とため息をついて、洋一は首を横に振る。

なんであのとき俺は逃げなかったんだろう。

新幹線に乗り、東京へ来る道のりにも、いやな予感が背中に貼りつくようにしてついてきた。入門の後三ヵ月くらいはとりたててひどいしごきもなかったのだが、三月を過ぎるとなんだかだんだん人より多く殴られるようになり、蹴られる回数も増え、気がつくと飯が抜かれ、体から痣《あざ》が消える日がなくなった。

どこへいったって、あれから逃げおおせることなんかできないとしても、なにもそこにいる男のすべてが「屈強」で、百キロはゆうに超える体つきをしている、そういう人物しか存在しないような場所にくることはなかったのではなどと思う余裕は、そのときの洋一にはかけらもなかった。

気がつくと地獄が始まっていた。

親方が部屋を興すときに移籍すると決まって、この八十畳に移ってきて、あの、毎日が死と隣合わせみたいな地獄からは生還したが、いまでもときどきフラッシュバックのように、恐怖がよみがえる。

なぜ俺は逃げなかったのかと、その晩三度目の質問を自分に投げかけたが、記憶の底をさらうようにしてみても、そんな選択肢が自分の胸に浮かんだ形跡がない。

ともかく俺にはそんなことを考える暇がなかったんだ、生きるのにせいいっぱいでさ、と頭の中でつぶやき、洋一はまた一つふぅっとため息をついた。

「松山！」

と、そのときマネージャー兼コーチの元力士・金子秀雄が他の者を起こさないように囁《ささや》き声で呼びかけるのが聞こえたが、囁くだみ声は八十畳にしみるように響き渡ったので、洋一は自分の声も同じくらい大きく聞こえるかもしれないと遠慮して何も言わずに黙っていた。

「松山！」

もう一度、金子秀雄はそう呼びかけた。

それからちょっといらいらした声で、

「起きてんだろ、引きこもりっ！」

と言うので、松山洋一は条件反射的に、

「はいっ」

と返事をした。

「人の心配してねえで寝ろ、ばか」

と、UFOキャッチャーで獲ったハローキティ形の枕から頭を上げて、また金子秀雄がそう囁いたので、松山洋一は金子自身が「人の心配で眠れない」状態なのだということがわかった。

＊

しばらくすると、うつぶせになって寝ていた橘肇が電気ショックでも浴びたように体を起こした。

左手で抱えるようにしていた携帯電話が振動し始めたせいだった。

橘肇はくるりと布団の上で仰向けの姿勢になり、脇に転がしてあった眼鏡をすばやくかけて、折りたたみ式の携帯電話を開いた。

左上の、ピンク色をした封筒の表示に、思わず笑みがこぼれた。

メールボックスを開くと、
もうねた?

という文字が見えた。

おきてるよん

と打ち返すと、
どうしてるかなと思って
という文字が返ってきたので、
今日けっこうやばいことがあった
と書き送ると、
なに?
と戻ってきたので、新弟子が部屋を逃げ出したことを書こうと思ったのだが、どこからどのように書いたらいいかわからなかったし、ものすごく説明が長くなりそうだったので、
こんど会ったときゆっくり話す
と送信したら、
それっていつ?
と返事が来たから、
たぶん日曜。休みがはっきりしたら連絡する
と伝えると、
待ってるね
という文字の後にハートマークが続いたので、橘肇はものすごくうれしくなり、

うん、待ってて！

と打ち込んで送るとその後何も返ってこなくなった。携帯を閉じて、寝る体勢に入ろうかと体をひねると、またぶるぶると振動があったので、メールボックスを開いたら、

もう、寝ちゃう？

という質問が入っていた。

うん、そろそろ。

と返事を送ると、しばらく間があって、

お・や・す・み

という文字の後にクチビルの絵がついたメッセージが来た。

オ・ヤ・チュ・ミ

そしてやはり絵文字のチューを選択してそのカタカナの横に置き、橘肇は自分の携帯にキスするような姿勢をとりながら送信ボタンを押した。

それから妙に勢いづいてしまった下半身のこわばるような感覚にとまどい、やばい俺、眠れないかも、と思った後で、あいつ戻ってこないのかな俺だって俺なりに心配だしね、いくらなんでもこの状況で「手相撲」はやばいだろう、みんな寝てねえよまだ、と勃起《ぼっき》しかけたものをなだめるように平手で叩いた。

入門したばかりの弟弟子に、逃げ出すだけの理由があったとはとても思えなかったが、この八十畳の部屋の隅っこで居心地悪そうにしていたあの子は、いったいちゃんと眠れた日があったんだろうか、と想像をめぐらせる。

自分や、あそこで身動きもせずに眠っているオタルみたいに、どこへいっても眠れるタイプのほうがこの世界ではやっていきやすいなとは思うものの、松ちゃんみたいに神経が細いやつだってがんばってるんだから、なにも入門三日で逃げ出すことはないじゃあないかと、橘肇は思った。

兄弟子に目をつけられて、罰だなんだといっては飯抜きにされていた松ちゃんは、部屋を変わってから親方に「太れ太れ」と言われてがんがん食わされ、みるまに大きくなって三十キロも体重が増えた。

けれどもそんな松ちゃんを何より変えたのは、飯ではなくて女の子だった。

朝げいこを見学にきた女の子の一人が、なぜだか松ちゃんを好きになってしまい、けっこうよく遊びに来るようにもなり、松ちゃんはとうとうデートにも成功し、その次の場所では、生まれて初めての「勝ち越し」を体験した。それも六勝一敗という好成績で、松ちゃんの番付は冗談みたいに跳ね上がった。

人間、変わるときにはほんとうに変わるもので、松ちゃんは絶望のあまりひきつった顔でへらへら笑うのではなく、楽しそうににこにこ笑うようになった。

それはまさに、地獄から天国に、住む場所を変えたみたいなものだった。

あのまま松ちゃんの恋をハッピーに進行させてくれていたら、神様の存在を信じてもいいようなものだったが、ことはそううまくばかりは運ばず、ほどなくして松ちゃんは、失恋を体験することになった。

殴られても蹴られても、炎天下に八時間立たされても生きていた松ちゃんが、ほんとうに死んでしまったのじゃないかという顔をしたのは、あのときが初めてだった。

敷いた布団の上にぺったりと座り込んだまま、どこを見ているのか見ていないのかわからないような目をして、動かなくなってしまったのだ。

あの夜も今夜と同じように、自分たちは寝ようと思っても寝られず、広い八十畳間中がぴんぴんと張り詰めたような空気に満たされたものだったなあと、そんなことをつらつら考えていて、気づいたら、元気になったものもおとなしくなっていた。

もとはといえば、松ちゃんの元カノが某部屋の某力士と歩いているところを偶然見かけて松ちゃんに写メールしてしまったのは橘肇だったのだが、多少のうしろめたい気持ちとともに、だけどやっぱりどう考えてもうまくいかなかったよな、知るなら早いほうがいいんだし、と思ったのもたしかだった。

松ちゃんは悩んだ末に彼女に電話をして、「好きな人ができたからもう二人で会うのはやめましょう」と言われたのだった。

その前の前の日はバレンタインデーで、松ちゃんは生まれて初めて女の子からチョコレートをもらえるんじゃないかと朝から緊張して待ち続け、当日が過ぎてもまだなんとなく待ったりして、十四日にいちばん近い週末にはもらえるんじゃないかな、と期待している気持ちが同じ部屋にいる者全員に伝わっていたところだったので、なんともいえずかわいそうだった。

松山、松山、おい引きこもりっと、見かねた金子秀雄が呼びかけても、引きこもりと呼ばれればどんなに疲れていても条件反射ではいと返事してしまうはずの松ちゃんなのに、その日ばかりは、うつろに宙を睨《にら》んだまま動かなかった。

むっくり起き上がってわざわざ部屋の隅まで弟弟子の様子を見にいった幕下・最長老の小池勇次は、しばらく放心状態の松ちゃんを見てから、だめだめ、というように手を振りながら部屋の中央を歩いて自分の場所に戻り、あいつ目ん中妖精が泳いでるよ、と小さな声でつぶやいた。

けいこのときや場所中にあんまりはたかれると、網膜はく離を起こして、目の中に虫が泳いでいるように見えるという話を聞くが、松ちゃんにとって「好きな人ができたからもう二人で会うのはやめましょう」は、一発で妖精が飛ぶほど強烈なはたきだったわけだ。

場所前にそんなふうにはたかれてしまったから、三月場所の松ちゃんはぼろ負けで、前の場所で稼いだ番付をまたがくんと落とした。

橘肇に彼女ができたのは、その事件のほんの少し後のことで、やはり人間恋をすると人生にはりが出るのか、けいこにもいつも以上に身が入り、おかげで彼自身は三月場所を勝ち越した。この全身に力がみなぎってくるような恋愛効果を身をもって感じるにつけ、同期入門の松ちゃんの悲劇は身にしみてくるのだった。

だからそういうふうに地獄と天国を行き来しているような松ちゃんの相撲人生に比べて、まだなにかが始まっているとも思えない時期にもう逃げ出してしまうなんて、松ちゃんに悪いじゃないかよ、と橘肇はあくびをしながら思い、もう一度彼女の最後のメールを読んでから眼鏡をはずして目を閉じた。

＊

オタル・カルミゼは夜中に一回トイレに起きて、奥にいたはずのもう一人がどうやら戻らなかったらしいことを、なんとなく察した。

オタルがはるか遠方から日本にやってきて、相撲部屋に入門が決まり、しこ名をつけようというときになって、誰一人オタルの故郷についてなに一つ知らないと判明した。

「おまえの国の山の名前を言ってみろ」とか「海に面してるのか」「知ってる川はな

んという名前の川だ」などという日本語の質問には、今度はオタルのほうがなにがなんだかわからずまったく答えられなかったために、「まあ、すこし番付が上がったら、変えてもいいしな」という親方の判断で、縁もゆかりもない土地の名前である「小樽」が採用されてしまった。

そこでオタルはどこへ行ってもオタルと呼ばれている。

本人もまったく不便は感じていない。

昨日の朝げいこが終わって、ちゃんこの時間になっても、入ったばかりの小さな子がいなかったので、オタルは橘肇に、

「どうしていないの？」

とたずねた。

「すかしっす」

そう、橘肇は言い、首をかしげるオタルに、後ろから小池勇次が、

「ホームシック。ゴーホーム」

と、言った。

そこでオタルは事情がわかった。

あの小さな男の子は両親の待つ家へ帰ったのだろう。

ずいぶん遠い国からやってきて、ホームシックにならないかと、よく人に訊《き》かれる。

「ぜんぜん」

と、手を振って答えると、質問をした日本人はみんななんだかうれしそうな顔をする。そんなときいつも、自分のホームはどこなんだろうと、一瞬オタルは考える。

思い出すのは、三十分も車に揺られれば海が見えた、あの幼少時代をすごした気候の穏やかな村のことで、近くには小川が流れていて子どものころはよく魚を釣って遊んだ。

庭にはカリンの木が何本かあって、実をつける季節にはいい香りがした。

六つ年上の姉はコーヒーが嫌いなのにコーヒー占いが大好きで、大人たちが空にしたカップの底に貼りついたトルココーヒーの残りかすを見ては、なんだかんだと意味をくっつけて解説してみせるのが得意だった。

その姉と二人で、飛行機にのって、ずっと東にある都会に出るまでは、その村が自分たちのホームだった。

小学校へ行くようになってしばらくすると、村からいちばん近い大きな街で戦争が始まった。

村の上空を爆撃機が飛ぶようになり、そのうち村にも飛行場ができた。

丘から街を見下ろすと、街が黒煙を噴き上げ、ところどころに赤い火がゆらめいた。

この土地にいては危ないからと、内陸の大きな街に住む叔父に連絡をして、両親は先に子どもだけを送り出したのだった。

自分は七歳で、姉は十三歳だった。

あれからあの村に帰っていない。あの村にはもう帰れない。

あの内戦で多くの同胞が故郷喪失者になった。

両親も故郷を追われるようにして都会に出てきたので、七歳から十二年暮らしたその街を、いまはホームと呼ぶことになるのかもしれない。

そこには母と姉がまだ、あの古い石造りの建物の一階で暮らしている。

父親は外国に出稼ぎに行っていて、クリスマスにならないと帰れない。

それは一家があの街で暮らすようになってからずっと同じで、母は父からの送金を節約して子ども二人を育てた。

隣に住んでいた医者の一家はにぎやかなことが好きで、しょっちゅう中庭に面した部屋に近所中を招待して歌ったり踊ったりしていた。

いまもあんなふうに集まっているだろうか。

姉はいつのまにかコーヒー占いをしなくなった。いまは学校を出て、街の郵便局で働いている。

ときどき強烈に、木の実と果実のすっぱいソースが恋しくなるときがある。

山羊のチーズや、香草をたっぷりまぶして焼く七面鳥や、ベリー類と木の実をすりつぶして固めたおやつが食べたくなる。

でもそれはそれで、どこかへ帰りたいという感情とは違う。

相撲の世界は、シンプルで美しい。朝六時に起きてけいこ場に降り、土俵に砂を撒《ま》き、しこを踏み始める毎朝の空気を、オタルは気に入っている。冬は少し寒く、吐く息も白く見えるけいこ場が、ほんのわずかの時間で熱い空気に包まれる。

力士たちの体温が上がり、汗が流れてその熱を下げるころには、けいこ場の温度も湿度も高くなって、息はもう白くはなくなる。

三番げいこやぶつかりげいこを重ねるうちに、体中が真っ赤になる。

体がぶつかり、筋肉が伸縮する。その感覚を、体に刻みつけるために、何回も何回も、立合いを繰り返す。

重要なのは、肉体だ。

他に意味のあるものはない。押す、寄る、投げる、吊《つ》る、といった肉体の動き。それがもたらす力。つよければ勝つ、というシンプルな事実。

それはオタルがレスリング選手として練習に明け暮れていた中学・高校時代に身に刻みつけてきたものと、そんなには変わらない。

この体は、自分のものだ。そう、オタルは思う。この体は、誰にも奪うことのできないものだ。そしてこの体だけが、自分に未来を連れてくる。過去から未来へと自分を運んでいく。

この部屋を自分の家だと思いなさいと、弟子入りしたばかりのころにいろいろな人がオタルに言った。それはそうなのかもしれない。自分には他に家はないし、ここが自分にとっては家なのかもしれないと、考えてみる。

けれど「家」はオタルにとって、そうだいじなものじゃない。

だいじなのは「体」、頑強で負け知らずの体なのだ。

それさえあれば、こうして子どものころには知りもしなかった世界にやってきても、未来は自分のものになると、信じることができる。

部屋の隅で居心地悪そうにしていたあの小さな男の子は、体よりだいじなものがあったんだろうか。それはそれで、うらやましいことなのかもしれない、とオタルは思った。

＊

眠れない夜をすごしたかというとそうでもなくて、力士と行司の卵は、それでもいつのまにかぐっすりと眠りこんだ。

そして朝が来ると、いつものようにもぞもぞ起きだして、布団を三つ折りにたたみ、まわしをつけてけいこ場に降りた。

と、親方が上がり座敷に出てきて声をかけた。土俵ですり足やらしこ踏みやらをはじめていた力士たちは、そろって棒立ちになって親方を見上げた。

「あのなあ」

「あいつが、東京駅でうろうろしてたらしい」

「あいつって、あいつっすか」

ちょっと間をおいて、金子秀雄が問いかけた。

「うん、あいつ。帰んなかったらしいなあ、家に」

「なにしてたんすかね」

と、橘は眼鏡をずり上げながら言い、

「や、だからうろうろしてたんだって」

と、金子は親方に代わって答え、

「ていうか、うろうろすんの、変っすよ、こういうとき」

と、橘が言った。

「あんまり変な格好でうろうろしたもんだから、駅員が声かけて近くの交番に連れて行ったっていうんだ。そしたら『明日の朝になったら帰るから、一晩ここにおいてほしい』って言ったそうなんだ」

親方がそう言うと、

「変なやつ」

と、小さい声で橘は言った。

「帰るっていうのは、ここに帰るっつう意味すかね」

と、小池勇次がたずね、

「どうもそうなんだ。家に逃げ帰ったと思ったけどな。今朝連絡が入ってさ。しょうがないから俺ちょっと行ってくる。カネ、おまえ、けいこ見てやれ」

と言いおいて、親方が出かけていったので、後ろ姿に向かって、うぃっす、とカネと呼ばれた金子は言い、力士たちは基本動作を始めた。

「変なやつだな、なんで家に帰んなかったんだろ」

金子がそうつぶやくと、それまで口を開かなかったオタル・カルミゼが、鉄砲柱に向かいながら、流暢《りゅうちょう》な日本語で、

「帰るとこないんじゃないすかね」

と言ったので、他の四人はちょっと虚をつかれたような顔をした。

「なあ、オタル、髪が伸びたな、おまえ。場所前に黒く染めないとな。そろそろ髷《まげ》が結えるんじゃないか」

と、小池勇次が言った。オタルは後ろを振り返って、にっこり笑った。

「松山さあ、前の部屋ですげえつらかったころ、あったじゃん。おまえ、なんで逃げ出さなかったの？」

マネージャー兼コーチの金子秀雄がそうたずねると、松山洋一はびっくりしたような顔をしながら、

「俺、引きこもりだったんで、帰り方わかんなかったっす」

と言った。

けらけらけら、とけいこ場に笑い声がこだまして、それから力士たちはもくもくと練習に励み始めた。

もう誰も何も、あの小さな男の子のことを話そうとはしなかった。

あいつもつよくなりたいんだろう。

松山洋一はそう言葉に出さずに思って、それからしばらく鉄砲を続けた。

私は彼らのやさしい声を聞く

十条のおじさんはときどき露子を死んだ大叔母の名前で呼んだ。

玉枝、というのがその大叔母の名前だったけれど、おじさんの記憶がほんとうに混乱していたのかどうか、露子にはわからない。

惚《ぼ》けたふり、聞こえないふり、しらんぷりの得意な十条のおじさんのことだから、露子と気づいていないわけではなくて、ただ玉枝という名前が呼びたくなって、それで玉枝と呼んでしまうのじゃないだろうか。

「玉枝、すまんがグラスを取ってきてくれないか」

グラス、というのもこの人以外からは聞いたことのない言葉だ。新聞を読むときの虫眼鏡のことである。ともかくそんなふうに言うとき、おじさんはちょっと悪戯《いたずら》をするような目をしている。

ひょっとしたら露子の名前を度忘れするのかもしれない。そんなときにおじさんにいちばん馴染《なじ》みのある名前が「玉枝」だから、ついつい呼んでしまうのかもしれない。

あるいは、人の一生で好きな女の名前を呼べる回数に限りがあるわけじゃないのに、五十代半ばで死んだ妻の名前を好きなだけ呼ぶことができなかったのをくやしがって、呼べるだけ呼んでおこうとでも思ったのだろうか。

十条のおじさんは、ほんとうを言えば露子の大叔父にあたる。露子の父方のおじいさんの妹が玉枝おばちゃんで、十条のおじさんはその旦那《だんな》様だった。だから、露子と十条のおじさんには、血縁関係はない。

「露子、玉枝に似てきたね」

と、ときどきおじさんは言った。

「玉枝おばちゃんに？」

初めは少し驚いた。そんなふうに言うときもあるのだから、やはり「玉枝」と呼ぶのはわざとなのだろう。

それでも、ほんとうのことはわからない。八十を過ぎてからはほんとうに惚けたようになって、縁側で誰かと話をしていることもあった。誰か、といってもそこには誰もいない。案外、天国の玉枝おばちゃんと話をしていたのかもしれないのだった。

おじさんは玉枝おばちゃんが亡くなってから、ずっと十条にひとり暮らしで、やもめになったばかりのころは、縁談なども持ち込まれたものだったが、その度に、

「永井荷風が文化勲章をもらったのは寂寞《せきばく》たる孤独に耐えて独身生活を貫いたからだそうじゃないですか」

と世話好きのおばさん連中を煙に巻き、小学生だった露子の耳元で、

「これは実はおじさんのオリジナルじゃあなくって、そう書いていた作家がいるのさ」

とうれしそうに囁《ささや》いた。

その作家がイトウという人だったかサトウという人だったか、万事に記憶力のない露子はすっかり忘れてしまったけれど、ごはんができると小さなお猪口《ちょこ》に炊きたてを盛って、毎日仏壇に供えていたおじさんは、再婚する気なんかさらさらないようだった。

そのおじさんが最近惚けてきたからなるべく見舞うようにと言われて、露子はよく十条を訪ねる。

だいいち妹が結婚してからの露子は、実家でただただ居候をしているので、口実をみつけては外に出たいのだ。

そういえば、露子が親の家を「実家」と言うのを聞き咎《とが》めておじさんは、

「おまえはまだ嫁に行かないんだから、あそこがおまえの家だろう。実家というのは婚家があっての実家なんだから。家、とか、親の家、と言いなさい」

と真面目《まじめ》に説教をしたこともあった。

いまどき未婚女性が生家を実家と言ってもどこがおかしいのかわからない人のほうが多いし、だいいち男のほうだって結婚しようがしまいが自分の生家を実家と呼ぶのだから、こういうおじさんの常識はすでに博物館入りの常識ではあるのだが、それを指摘したところで理解を示すどころか熱くなって血圧が上がってしまうから、おじさんの「露子、それを言うなら」が出ると、露子はおとなしくするようにしている。

それでも昔に比べれば気が弱くなったことは否めないこのごろは、惚けたような惚けないようなあやふやな態度をとり続けることで、露子が身の回りの世話にやってくることに同意を示した。

来てくれてありがたい、とはけっして言えない大正生まれは、惚けを味方につけることで、ずるくも何の報酬もなしに、露子を通わせることに成功したのだった。

いまは埼京線の駅になっている、昔は赤羽線《あかばね》、と呼んだ鉄道の十条駅を降りて、線路脇をまっすぐ行って踏切を渡ると、十条中央商店街というわりに素っ気のない看板がある。駅前の、賑《にぎ》やかなアーケードからも近いのだけれど、天蓋《てんがい》のないこっちの商店街は、露子が両親に連れられておじさんの家を訪ねていったころの、ちょっと古ぼけたような街並みの面影を残している。

道は細くて、両脇に商店がならび、そこから無数に狭い路地が延びていて、その一つを左に折れてしばらくいくとこれも道幅のないL字路になり、幅一メートルに満たないのではないかというような細い道を、土に埋め込まれた敷石どおりに辿《たど》っていくと、ようやくおじさんの家に着く。

そこまで行くと、商店街の人通りはまるでなくなって、生垣の間や、人家の軒先に置かれた植木の鉢をするりするりとかわしながら、猫の親子が徘徊《はいかい》する。

妙にせせこましい区画割りは変わらないものの、このあたりも長く住んでいる人が代替わりしたのか新築の家を建てるようになり、空いた土地に独身者向けのアパートも建つようになって、昔この街に多く見られた、路上に面して格子戸を並べる棟割長家のようなつくりの家はほんとうに見当たらなくなった。

だからおじさんの住んでいる木造平屋の日本家屋は、ここ十条においてすらもう珍しくなっている。

コンクリート塀の中ほどに小さな木戸があって、下水溝を踏んで少し大きくまたぐようにしてその木戸をくぐると、申し訳に二つほど平べったい石が寝かせてあって、すぐそこが玄関になっている。軒先に丸い白熱灯がぶら下げてある。玄関の引き戸はずいぶん前にアルミサッシと磨《す》りガラスに換えたけれど、それも年季がいって、開け閉《た》てするときには嫌な音がする。

玄関の正面は廊下で、左側に部屋がある。おじさんは意外にあたらしもの好きで、自ら書斎と呼んでいるところのこの四畳半には、パソコンやらフラットな液晶画面のテレビやら、これはかなり昔から持っていると思われる大きなステレオ・セットやら、けっして畳にいい影響を与えているとは思えない、重量級の電気製品が無造作にならんでいる。不精して替えずにいるうちに平坦さからは程遠い形になったこの家の畳が、どこまで持ちこたえるかは事実、疑問である。

実際去年の暮れには押入れの床が抜けて、暮れで修理の人を呼べなかったので、軒下から吹き込む寒風にさらされたまま、この頑固者はひどい正月を迎えたらしい。世捨て人的自嘲《じちょう》を好んで口にするわりには、俗世の動きに無関心ではいられない性格こそが、やもめ男を長生きさせている理由なのだと、つねづね露子も思ってはみる。しかしどうひいき目に見てもボロとしか言いようがないこの家で、しかも醤油《しょうゆ》で煮しめたような色合いの年季物の文机《ふづくえ》の上におさまったパーソナルコンピュータと格闘する半纏《はんてん》姿には、やはり笑いを誘われずにはいられない。

書斎にいないときのおじさんは、縁側にいることが多い。

書斎と壁で仕切られている隣合わせの四畳半は客間兼ダイニングで、冬はコタツが置かれて、背の低い本棚や茶箪笥《ちゃだんす》からはみ出したものが、ごろごろとコタツを取り囲むように置いてある。その茶の間の北側には台所が、その奥には風呂がある。そして、茶の間と襖《ふすま》でつながった奥の座敷、おじさんが万年床を敷き、仏壇と洋服ダンスを置いている六畳の南側をつなぐようにして縁側があるのだ。

引き戸を引いて、すっかり耳の悪くなったおじさんに大きな声で、来たわ、と声をかけ、答えがないので探して廊下を歩いて行くと、縁側で将棋盤を前にしたまま倒れるように寝ていることがあって、何度か露子はギョッとさせられた。

それでもしばらく通ううちに縁側でのうたたねが何より好きな人なのだとわかって、寒くない季節は放っておいた。

たしかにもごもごとひとりごとを呟《つぶや》くことは多く、妙に対話くさい相槌《あいづち》がまざった不思議な情景にでくわすこともあるけれども、もしそれが「惚け」だというのならば、惚けもまたいいのじゃないか、楽しいのではないかと思わせる、そんな風景なのだった。

それに、物忘れが多少ひどい程度の惚け方なら、露子だって似たようなものかもしれない。もう三十を過ぎたというのに、まともに仕事もしていなければ結婚にも魅力が感じられない家事手伝いの女なんて、若くして老後を生きるようなもので、物事に執着がないからたいていのことを忘れてしまう。

忘れちゃう、というのは執着のなさの現れで、年寄りが物を忘れるのは現世に執着がなくなるからじゃないだろうか。

そんなこんなで八十一歳と三十歳は卓袱台《ちゃぶだい》を挟んでごはんを食べる。話すこともないので、二人して縁側の先にある狭い庭を眺める。庭というより、洗濯物を干す場所で、とくに装飾的な植物が置かれているようにも見えないが、渋くて食べられない実をつける柿の木が一本あって、なにしろ四十年以上も経っている家だから、この木と苔《こけ》の生え具合だけでも、なんとなく絵になる光景だと露子は思う。

不思議なことにおじさんは茶の間にテレビを置かない。

年寄りは座ってテレビばかり見ているものと考えるのは間違いらしい。おじさんは毎日グラスを使って新聞のテレビ欄を詳細に検討し、見るべき物を見つけると、そこに赤く丸をつけておいて、おごそかに書斎でゆっくり鑑賞するのだった。

何もしゃべらないのも気詰まりなので、露子は三年前に結婚した妹の佳子が台湾人の夫といっしょに中華惣菜《そうざい》の屋台を出す計画を進めている話などをぽつんぽつんとしてみる。船会社に定年まで勤めてあとは年金暮らしのおじさんには、佳子の人生設計は何か唐突に思えるらしく、ただ、ほーぉ、ほーぉ、と感心のため息をもらしながら聞いている。

あの子は偉いね、なんだか知らんが、と最後には言って、かならず露子に結婚の予定はないのか、と訊《き》く。

「誰かいい人がいるなら連れてきなさい。モッテリクセキノコヲタクスベシや否やというのをおじさんが見てやるから」

「何を持ってって、どうするんですって？」

「以て六尺の孤を託すべし。天涯孤独のおさなごを預けるに足る男という意味さ」

「じゃぁ、見せる必要ないわ。頼りになる人じゃないもの」

ふん、と鼻と歯の抜けた口の両方からおじさんは妙な音を出す。

天涯孤独のおさなご、と聞いて、露子は自分よりも妹の佳子を思い浮かべた。

内気で泣き虫で怖がりの妹は、昆虫や鳥が好きなおよそ女の子らしくない自然児でもあり、あまりに同じ年の女の子と様子が違っていたから、小さいときはよくいじめられたものだった。

妹は肌合いの合わない人たちの中で、自分を外国人のように感じながら育ったという。そのせいだかなんだか、最初のボーイフレンドも鳥の話ばかりする背の高い黒人だったし、結婚したウー・ミンゾンも台湾人だ。ウー・ミンゾンも背は高い。

長い髪にチューインガムをくっつけられて泣いていた小さな妹を、二十年近くも昔にタイムスリップすることができたら、背の高いウー・ミンゾンはかばってくれるだろうか。

いまの佳子は露子のそんな感傷的な想像などまったく寄せつけないバイタリティの

持ち主で、台湾人の夫と二人で中華惣菜の屋台を出す計画に夢中だ。

　でも、母の友だちやら親戚やら、普通とか標準とか一般的とかカッコつきの常識というものがあってしかもそれを異様に大切なものだと信じているような類の人々に会うと、反発するよりも気の弱い本質が顔を出して、妙に佳子はおどおどしてしまう。そんな気の小さい佳子にいらいらさせられる感情と、そうだ、この子はとても孤独な子だったんだっけ、という思いが同時に露子の胸に兆す。

　その佳子も、十条のおじさんの前ではリラックスする。大正生まれのつきぬけたリベラルさが、変わり者の佳子を安心させるのだろうか。


　最近、十条のおじさんちによく行くのよ、と言うと、私もしばらく行ってないから、こんど売り出す予定の商品を持っていくつもり、おじさんちで落ち合おうと妹の佳子が言うので、その日、露子は妹とおじさんと自分の三人が食べるだけの饅頭《まんじゅう》を商店街で購入して、例の行き止まりめいた小道をおじさんの家に向かった。

　玄関の引き戸を開けると、佳子はすでに到着していて、しっ、おじさん寝てるの、縁側で、どうしよう、布団まで引きずってったほうがいいかな、と言う。

「いいんじゃないの？　日がかげるまでは、あったかいから。半纏かけといたら？」

「もうかけた。半纏どころか布団をかけたよ」

「あ、そう」

露子と佳子は、茶の間に座り込み、勝手にお茶を淹《い》れて飲み始めた。壁掛け時計が二時を打った。

この時計も、Sという字が菱形の中に納まっている、古いセイコーの時計で、姉妹が物心ついたときには茶の間と台所の間の柱にかかっていた。

時計の下には温度計、その脇の茶簞笥の上には、ごちゃごちゃとメモ用紙だのノートだの鉛筆立てだの壊れた状差しだのが並んでいる。

「久しぶりだわ、おじさんち」

と、佳子がコタツに脚を投げ出して言った。

二人で茶の間にぼんやり座っていると、時計の規則正しい機械音と、おじさんの寝息とたまにまじる鼾《いびき》だけが狭い家に響き渡る。

「ここ、ちっとも変わらないね」

と、露子は言う。

「なに、おじさん、惚けたって?」

露子が淹れたほうじ茶をすすりながら、佳子が訊いてきた。

「わかんない。惚けたってほどじゃないんじゃないの、ただ縁側でぶつぶつひとりごと言ってることが多かったり、炊きあがったごはんのスイッチまた入れちゃったりするくらいで。お父さんたちが心配しすぎなのよ」

ふうん、と佳子が言った。

そして手提げ袋からなにやら取り出し、立ち上がって台所へ行った。それは「新商品」である豚の醬油煮で、ビニール袋を開いたとたんに、甘辛い匂いがした。

佳子はその塊肉をまないたに載せて、端を少し切った。

切れ端を口に入れて、眉毛《まゆげ》をぴくぴくさせほくそ笑んでから、また少し端っこを薄く何枚か切って小皿に盛り、また卓袱台の前に戻る。

「売るんだ、これ。食べてみてよ」

と佳子は言った。

甘辛く煮込んだ八角《はっかく》の香りのする豚肉は、台湾風なのだろうか。

「おいしいじゃん」

と、言うと佳子は満足そうに頷《うなず》いた。

「研究してんの、いま。いろいろ」

そう言って、お茶を口に含んだ。そして、

「おじさんは惚けてないけど、きっとあたしたちには見えない誰かと話をしてるんだね」

と、こともなげに言った。

「幽霊ってこと？」

「うん、そう」

あっさり佳子は言う。

「わかんないけどね。小さいときよく見なかった？　そういうの。不思議な人とかさ。あたしよく見た。大人になったら、見えなくなったけど、老人って子どもに返っていくって言うからね。何か見えてるんでしょう」

もぐもぐ豚肉を噛《か》みながら、平気でそんなことを言う。

「おばあちゃんとか？」

露子はとても小さいときのあるできごとを思い出しながら聞いてみるのだが、佳子はなんのことやら、という顔をしている。

「おばあちゃんが死んだあと、よっちゃん、しばらく『あそこにおばあちゃんがいる』とか言ってたじゃない」

佳子はきょとんとした顔をして、

「そんなことあった？」

と言った。

それは露子が小学校の一年生で、佳子が幼稚園だったころだった。祖母の葬式のあとの何日間か、佳子はあちこちでおばあちゃんを見たと言い張った。

だいたいそれは二人がよく遊んでいた公園のベンチとか、祖母が気にいっていた揺り椅子を指していたので、佳子にそう言われるとなんだか祖母がまだいるような気がして、露子も、そうだね、おばあちゃんだね、と答えていたのだ。

でも実際は、露子には祖母が見えなかった。見える、という妹の目が、ちょっと羨《うらや》ましいような怖いような気がしたものだ。

しばらくして二人は『おばあちゃんがいる』ごっこをやめた。佳子にとっては「ごっこ」じゃなかったのかもしれない。あのときほんとうに佳子に祖母が見えていたのかどうか、露子にはわからない。

「そんなん、ぜんぜん覚えてない」

「あんなに見える、見えるって言ってたくせに、あんた忘れちゃったの？」

「何も覚えてない」

「けっこう薄情だね」

「そうかね」

「あんたに見えるのに私には見えないから、自分が情が薄いんじゃないかって、ちょっと悩んだのに」

「あ、そう。ちっちゃかったからね。忘れちゃったよ。でも見えてたのかもしんないよ。あたしけっこう何度かそういうことあったもん。子どもんとき。あんまり思い出したくないのもある。気味悪いのも。でも、小さいときって、周り中そんなじゃなかった？　犬や猫やぬいぐるみなんかもよくお喋《しゃべ》りするしさ。いまから考えると不思議な気もするけど、あのころはちっとも変なことだと思ってなかったね。なんでだろね。だから、おじさんもそうなんじゃないの？　あたしもおばあちゃんになったら、また、ああいうことあるかね」

そう言ってから、お饅頭もおいしそうね、豚肉の後の饅頭ってのもおつね、と佳子が言うので、どうぞ、と持ってきた饅頭を目の前に突き出すと、それじゃあ遠慮なく、と妹は、やたらうれしそうな顔をしてそれも頰張《ほおば》った。

そしてしばらく何かを思い出すように、もぐもぐ口を動かしながら狭い庭のほうを眺めていたが、改めて露子の顔を見て言った。

「ね、覚えてる？　ゴーン　アー　ザ　デーイズ、ホェン　マイ　ハート　ワズ　ヤング　アンド　ゲーイっていうの」

妹は高校生のときに黒人のボーイフレンドがいたくらいで、外国語には堪能なはずなのだが、いきなり歌い出したその英語の発音たるや、完全にカタカナを読んでいるような純然たるジャパニーズ・イングリッシュだったので、露子は啞然《あぜん》とした。

「ゴーン　アー　マイ　フレーンズ、フロム　ザ　コットンフィールズ　アウェイ」

かまわずうれしそうに佳子は歌いつづける。

どうも夫の影響か、どんどん陽気になってきているようなのである。

なんだ、オールド・ブラック・ジョーだ、と露子もようやく思い出した。

「ゴーン　ラーラ、ラー（忘れたらしい）ララ、ベーター　ランド　アイ　ノウ、アイ　ヒア　ゼア　ジェントル　ボイシズ　コーリング」

「OLD　BLACK　JOE」

最後のところは露子もいっしょに歌い、そして姉妹は笑い転げた。

露子はすっかり思い出した。あれは露子が中学生になったばかりのころ。学校で習った『オールド・ブラック・ジョー』という英語の歌を得意になって家でも歌い、小学生の妹にも歌うことを強制したのだった。いったいなんだって日本の中学生が、「年老いた黒人のジョーが冥界の友だちに呼ばれる」などという内容の歌を歌わされるのかは不明だが、それはともかく、たまたま十条に行っているときに、露子は佳子が物覚えが悪くて英語の歌をちっとも覚えないと責め、佳子がいつものように泣き出した。

おじさんは露子が佳子に渡した歌詞のコピーを黙って佳子から受けとり、カタカナで読み仮名をつけたのだった。

「おじさんは少国民世代と違って、英語はあんた、お手のものだよ。だいいちこりゃあ、ふん、『一人息子』のタイトルバックじゃあないか」

と、わけのわからないことを言って、小さな佳子にカタカナだらけの紙を与えた。
露子自身、後から考えてひどいと思うのは、何も知らない小学生の妹に英語の歌詞カードを見せて歌わせようとしていたらしいことだ。おじさんは歌詞を覚えられない佳子を気の毒に思って、英字の上に振り仮名をつけてみせたのだ。

ゴーン　アー　ザ　デイズ／過ぎ去りし日々
ホェン　マイ　ハート　ワズ／わが心の
ヤング　アンド　ゲイ／若く、楽しかりしころ

十五年以上前のことなので、露子はほとんどその英語の歌詞を忘れていた。昔から生真面目だった佳子は、もらったその紙を見ながら一生懸命練習したらしく、いまでもその歌をそらで歌う。

アイ　ヒア　ゼア　ジェントル／私は彼らのやさしい
ボイシズ　コーリング／声が呼んでいるのを聞く
オールド　ブラック　ジョー／オールド　ブラック　ジョーと

その日とうとう佳子は、おじさんが起き上がるのを見ずに、仕事があるからと帰って行った。
「よっちゃんは、幽霊を見たことがあるんだって」

二日後に露子が十条を訪ねた日、そう、おじさんに話してみると、

「ああ、いいねえ、おじさんも会ってみたいねえ」

と、目をつぶって感慨深げにおじさんは言った。

「おじさんは、玉枝おばちゃんの幽霊に会いたい？」

と、露子が聞くと、おじさんは目をつぶったまま、

「玉枝おばちゃんも会いたいし、小学校でいっしょだった梅ちゃんにも会いたいし、米ちゃんにも、蔵ちゃんにも会いたいね」

「誰ですって？」

「おじさんのガールフレンドたちだよ」

そう言うと、おじさんは、非常にうれしそうな顔をして、露子の淹れた茶をすすった。

それからおじさんはまた縁側に将棋盤を出した。左手に棋譜を記した本を持ち、胡坐《あぐら》をかいた太もものうえにひじをあてて、右手の中指とひとさし指で駒を挟んで右の太ももにぱちぱち当てながら将棋盤を前にしているときも、おじさんは意外に饒舌《じょうぜつ》で、一人で二役分の手をさしているはずなのだが、「そう来ましたか」とか「そんなことはあんた、させないね、こっちは」とひとりごとを言っている。

露子は立ち上がって、部屋の掃除を始めた。

たしかに言われてみれば佳子の言うとおり、この家なら木目の間から幽霊が染み出して来ても、おかしくはないような気がする。

部屋の端のくもの巣を払うために、パソコンをどかして脇に置いて、文机を脚立がわりにしてそのうえに立ち、ハタキを動かしていたら、ぐにゃりと曲がった天井の木目が目に入った。天井には板が五枚、一応は整然と並んでいたが、その板それぞれに、垂れ下がった鼻のように見える木目と、ちょうど両目の部分にも節が二つずつのせられている。

これが、微妙に模様をずらしながらも、同じパターンで繰り返されていて、その天井板そのものがもう古くなりすぎて煮しめたような色合いになってきているものだから、いつだったか盗難の憂《う》き目にあった、北欧の画家の有名な絵にも似た、人物の歪《ゆが》んだ顔が、ふつふつとたぎる赤色の温泉水から浮かび上がるように見えなくもない。

なんて気味の悪い想像をしちゃったのかしら、と思いながら、ハタキがけをしているうちに、唐突に蘇《よみがえ》った思い出がある。

露子がまだ小学校の三年か四年で、佳子が下校途中に交通事故に遭い、入院を余儀なくされた夏のことだ。父親は普段どおりの仕事で帰りが遅かったし、母は入院中の妹に付き添わなければならなかったから、ちょうど夏休みで学校もなかったし、いちばん家に近い親戚ということで、十条のおじさんの家に通うことになったのだった。

朝、出勤途中の父が十条まで送り届けて、また夜になると父が迎えに来て、眠い目をこすりながら家に帰るというのが二、三日続いて、最後の日には父が勤め先の上司の送別会でどうしても露子が寝るより前の時間には迎えに来られないということになって、まあ、今日だけのことだったら、露子はここに泊まっていったらいい、うちには部屋も布団もあるんだし、夜中に起こして帰すわけにもいかないだろう、とおじさんが言って、露子は初めてたった一人のお泊まりを経験することになった。

自分は子もいないから孫も持たないおじさんは、生まれて初めて小さな子どもを家に預かって、昼も夜もごはんを食べさせて、夜は寝かせなければならないという事態に遭遇し、なにを思ったかひどく張り切って、庭に出て蟬《せみ》を取ったりしたのだった。蟬取りをしたり、庭木に水を撒《ま》いたりしてさんざん遊んで、おじさん自身もかなりくたびれたはずだけれど、初めておじさんの家に泊まることになって緊張もしていた露子は、悪いことに夜になって熱を出した。

子どもというのは、案外よく熱を出すもので、たいしたことではなかったのだが、まさか自分の解熱剤を飲ませるわけにもいかず、露子の父にも母にも連絡が取れず、おじさんはおろおろして夜を過ごした。

その間、露子はといえば、熱のせいで奇妙なものをたくさん見ることになったのだった。

まず、畳の目がどんどんどんどん膨らんできて、露子が押しつぶされそうになる。これは露子自身が縮んでいく感覚と言えなくもないが、実感としては畳の目が肥大していく気がする。いずれにしても熱を出すと必ずその感じが露子を捉《とら》えたものだった。

そうしておじさんの家の古い畳の目が膨張し、圧迫してくるのと軌を一にして、あの天井の目や鼻が、まさしく化け物の顔のように見えてきて、それぞれ声を出して訴えかけてくる。

ダシテクレ、ココカラ、ダシテクレ。

そう口々に喚《わめ》いて、出してくれないならおまえにとりついてあの世に引きずっていくと言わんばかりなので、小学生の露子は必死で、オジサンニタノンデアゲル、と言い、うなされているらしい露子を心配して見にきた傍らのおじさんに向かって、妙にきっぱりと、

「おじさん、あの人たちを木の中から出してあげてちょうだい」

と言ったという話だ。

露子自身はあまりよく覚えていないのだが、後に何度かおじさんが、

「あのときの露子は、なんだか気味が悪かった」

と言うので、それがそのまま記憶に残った。

けれども、露子自身の記憶にもっとたしかに残っているのは、その気味の悪い天井

の生き物のことではなくて、真夜中に台所で見たおじさんの姿だった。

露子が寝かされていたのは、昼間は卓袱台が置いてある茶の間だったが、そこからは障子を一枚隔てて、台所だ。明かりが洩《も》れているからおじさんがいるのだろうと思って耳をすますと、会話が聞こえてきた。

「あなたがあんまり張り切って遊びすぎたせいよ」

「こんな家に一日いて、子どもの遊べる玩具《おもちゃ》だってないんだから、せめて木登りでもさせてやろうと思ったんだが、まずかったかなあ」

「きっと露ちゃんも緊張してたのよ。初めてのお泊まりだったから」

「あんたがいてくれりゃあ、こんなこともなかったろうにね」

「だいじょうぶ。少し落ち着いたみたいでいま、寝てるわ」

「後でまたちょっと見舞ってやってくれないか」

「ちゃんと見ておきますよ」

台所の電灯が障子に大きな影絵を作り、露子が布団の中からそっと覗《のぞ》くと、なにやらおじさんの影は地面に向かって話しかけていて、地面からは返事が返ってきているように見えるのだった。

それが熱にうかされたせいで見た幻だったのかなんだったのか、二十年以上も時間が経ってしまうと露子自身にもわからないが、そのまま、いったいあれはなんだったんだろうと思いながら寝て、翌日、冴えた頭で台所を調査しに行ったのを覚えている。

実際、台所の床には小さな扉があって、床板を引っ張りあげるとそこには半地下の貯蔵室があったのだった。大人が一人、腰をかがめれば入れるくらいのそのスペースには、大きな広口瓶に漬け込まれた梅酒とか、調味料の買い置き、冬になるとストーブに使う灯油のポリエステル缶などがあった。それらはいまでも、おじさんの家の貯蔵室に、似たような品揃《しなぞろ》えで置かれている。

もちろん天井の板から出てくる顔と同じで、夢のようなものだと言えないこともないが、ひょっとしたらおじさんはすでにあのころから、天国にいる玉枝おばちゃんとしょっちゅう会話をしていたのかもしれない、と露子は考えてみる。

サラリーマンだったおじさんが住宅金融公庫でお金を借りてこの家を建てたのは四十五年も前のことだ。玉枝おばちゃんと二人で楽しく暮らすことを夢見て建てた家なのに、完成してから玉枝おばちゃんがこの家に住んだのは二十年足らずで、おじさんは一人ぼっちでここに残されてしまった。

だからもしかしたらおじさんは、それ以来ずっと見えない玉枝おばちゃんと会話しながら暮らしてきたのかもしれなくて、だとすればなおさら、惚けているというのとは少し違うのかもしれないと露子は思うのだった。

次に佳子がやってきたのは、数週間後の週末だった。

露子は先におじさんの家に来ていて、昼におじさんがお餅《もち》入りのおじやを食べるというので、それを準備していると、からからと引き戸が開いて、佳子が顔を出した。

「あー、佳子も来たかね」

おじさんは顔をほころばせて言った。

「こないだも来たのに、おじさん寝てるんだもん」

「そりゃ悪かったね。いま、露子に頼んで、昨日の煮込みうどんをカンコツダッタイした雑炊を作ってもらってるから、よかったら佳子も食べるといい」

「煮込みうどんを何したんですって？」

「換骨奪胎だ。まあ英語で言えばリメイクだな」

そう言うとおじさんはまた日なたに将棋盤を出して、難しい顔をして一人将棋を始める。

おじやができあがって、さあ食べようというときになると、早くも将棋盤にうつぶせて寝ているのだ。

「おじさん、よく寝るね」

「そう。好きなときに好きなとこで寝てんの」

「どうしよう、起こす？」

「べつにいいでしょ。起きたらあっため返せば。どうせぐちゃぐちゃなんだから。お餅もごはんも昨日のおうどんも」

「昨日の煮込みうどんを何したって言った？」

「カンコツダッタイでしょ。おじさんよく使うじゃない、骨を換えてどうの、という字を書くのよ」

「雑炊に骨なんか、ないじゃないのよ」

「まあ、それはどうでもいいことなんでしょう」

二人はそれから、記憶にある限りのおじさんの妙な言い回しを思い出してみた。

「アイサツハトキノウジガミ」

「何？」

「『挨拶《あいさつ》は時の氏神と言うだろう』って、露ちゃんとケンカしてるときにおじさんがよく言うやつ。ぜんぜんわかんないけど、仲直りしろってことじゃないの？」

「メニイッテイジモナイ」

「あ、それよく使う。目に一丁字もない。なんにも知らないってこと？」

「メイキョウモウラヲテラサズ」

「賢い人でもヌケてるところがある、みたいなさ。おお、そんなところにあるとは気づかなんだ、明鏡も裏を照らさずだな、とか、おじさんが眼鏡探すときなんかに使うわね」

「眼鏡探すのに明鏡も裏もあるのかしらねえ、おじさんの使い方って、ちゃんと合ってるのかねえ」

「モノイワジチチハナガラノハシバシラっていうのもあったわ」

「なんだって？」

「モノイワジチチハナガラノハシバシラっていうのよ」

「意味は？」

「ううんとね。とにかくこう、たとえば『おじさんからもなんとか言ってください！』とかって、お母さんがキーッとなると言うの。『物言わじ父は長柄の橋柱と言うからね』って逃げるのよ。余計なことを言うと災難が降りかかってくるとかってことなんじゃなかったっけ。どっかのお父さんが、洪水のときに人柱を立てようって提案したら、言い出したあんたがなれよって言われたとかなんとかいう話」

「これは？　アサガオノツルニトーナスガナルもんか」

「なんだっけ、それ」

「朝顔の蔓《つる》に唐茄子《とうなす》がなるはずがないって、よく、ほら、どこそこの家のバカ息子は、親父もバカだからやっぱりバカだって言うのに使うのよ」

「それは、瓜《うり》の蔓に茄子はならない、じゃないの？」

「私が聞いたのは、朝顔と唐茄子バージョンだった」

「あたしは瓜と茄子だった」

こういうおじさんの大好きな言い回しも、おじさん以外の誰からも聞いたことがないわけだから、そのうち使われなくなって忘れ去られてしまうと思うともったいないような気がするけれど、だからと言って、日常会話に復活させるには、無理があるような言葉ばかりなのだった。

しばらくすると、また引き戸の開く音がして、今度は背の高いウー・ミンゾンが現れた。ウー・ミンゾンは、これも試作品なのか、包んだばかりのギョウザを携えてやってきたので、姉妹はおじやと水ギョウザという妙な取り合わせの昼食を、おじさんではなく、佳子の夫と囲むことになった。

「道、迷った。少し、難しいだった」

と、台湾人の夫は抗議するように妻に彼女の描いた地図をつきつける。

「どうして迷うの、一本道じゃない？」

「ごちゃごちゃっとしている。ここ古い家ですね。私、おじさんの家に似てる」

「おじさんの家って、ウー・ミンゾンのおじさん？」

「そう。昔の家。台南《たいなん》にあった。もう壊して、なくなった」

台湾に、この十条の家とよく似た家があって、そこにウー・ミンゾンの親類が住んでいたという話は、露子の胸に不思議な感慨を呼び起こした。そういえば、佳子とウー・ミンゾンの結婚式には、台湾から親戚がぞろぞろやってきて、その中でも老人の域に達している人物が、露子に流暢《りゅうちょう》な日本語で話しかけてきたことも思い出したのだった。

あれが、日本家屋に住んでいたウー・ミンゾンのおじさんだろうか。

ウー・ミンゾンも小さいときに、おじさんの家に泊まったことがあるだろうか。

「トイレに、オモシロイがついてた。ここにもある？」

「オモシロイって何？」

「水、出てくる。下から押すと、水、出てくる。こんなような、下のほうが丸いで、ちょっと、何かな、シュイトンみたいの」

「すいとん？」

「すいとんじゃない。シュイトン？　水を入れるやつ？　バケツのこと？」

「そう、そう、そう」

こんなようなもの、とウー・ミンゾンは言って、チラシの裏に絵を描いた。

それはバケツというよりも吊り下げた鈴のような形をしたもので、底の中央に突起があって、ウー・ミンゾンの説明によればそこを押し上げると水が出てくるというのだ。

「そんなの、ないね」

と、佳子が言った。

「だって、ここは水洗で、タンクのところから水、出てるもの」

「だけど水洗になる前っていうのがあったはずだよね」

「覚えてない、そんな昔のこと」

そう言う佳子の傍らで、露子はおぼろげながら思い出す。誰かに抱き上げられて、たしかに水の入ったブリキ缶のようなものに触れたことがあるような気がするのだ。

「あったかもしれない、それ。この家にも」

「あたしは覚えてないよ」

と、二歳年下の佳子は言う。

「チョーズバチ」

眉間《みけん》に皺《しわ》を寄せて、何かを必死に思い出すような顔つきをしたウー・ミンゾンが、その妙な音を絞り出す。

「チョーズバチ。日本語でそう言わない？」

「チョーズバチ？」

「その家に住んでたおじさんは、いろんなもの、日本語で呼んでた。チョーズバチ。そう言わない？」

「手水鉢っていうのは、語感からしても水を受ける鉢って感じで、どっちかというと下のほうにある感じで吊り下がってるものとは違うんじゃないの？」

「そしたら、日本語であれは、なんと言う？」

日本人姉妹と、妹の夫である台湾男は、首をひねりながら、いまはなき便所の付属品についての考察を巡らせたが、こんなものは知らない人間だけで考えていたって答えの出るものではない。

「こういうときに、十条のおじさんがいるんじゃなかったっけ？」

「そうだ、おじさんに聞けば一発でわかる」

「でも、寝てる。起こしたらかわいそうでしょう」

しかし、食べるはずのお昼の時間はとっくに過ぎているのだし、だんだん日がかげってきたからそろそろ起こしてもいいんじゃないの、という話になって、露子は縁側のおじさんに声をかける。

「おじさん。お、じ、さ、ん」

露子の声が聞こえているのだかいないのだか、おじさんはぴくりともせずに、将棋盤につっぷしている。

「おじさん、てば」

近づいて揺すっても、起きない。

露子の声はおじさんの耳にもう聞こえない。

修平さん、そろそろこっちへいらっしゃいよ。

そういう妻の玉枝のやさしい声を耳にしながら、十条のおじさんは深く、深く、眠り込んでしまう。

解説　中島さん、登場。

伊集院　静

中島さん、登場。

こう書くと中島京子さんを贔屓《ひいき》にしている読者は、私たちはデビューの時から支持をしてきたのよ、何をいまさら、と言われるかもしれないが、今回、中島さんの短篇集『さようなら、コタツ』の文庫化で作品について文章を書こうとした時、頭の隅に浮かんできたのが、〝中島さん、登場。〟という言葉であった。正確に書くと、〝中島先生、登場。〟なのだが、先生という言葉に誤解を招くおそれがあるのではずした。先生と日本語で書くより、ティーチャーの方が近い。それもスチュウデンツ・ペットに近いティーチャーの感じである。何、それ？　一九五〇年代にアメリカで流行った歌に「ティーチャーズ・ペット」という曲があった。簡単に言えば、先生のお気に入りの子、といった歌の内容だが、その逆、つまり生徒たちのお気に入りの先生、って感じが中島さんからしたのである。理由はわからないが、新米教師の期間を過ぎてようやくこれから先生の未来がはじまるという印象である。

とは言え、私は中島さんを何冊かの作品を通してしか存じ上げないし、勿論《もちろん》、面識もない。ただご本人の知らぬ所でデビュー作（「ＦＵＴＯＮ」）について話す機会があった（これは後で説明したい）。

シンプルに中島さんの小説に好感を抱いている。それだけである。ともかくその初々《ういうい》しさを残した先生が私たちの前に登場し、まぶしそうに立っている。そんな光景を今回の短篇集を読んで感じたのである。

四十年近く前の春、私は階段教室の隅に座って講義を聴いていた。

「日本の小説の本流は女性たちの手で、その潮流なり、川の流れなりがかたちづくられてきた……」

――へぇ～、そんなものなのか……。

生徒の中でたった一人だけ学生服を着たスポーツをすることしか能のない若者は、黒板に書かれた源氏物語、枕草子といった古典作品の文字をぼんやりと見ていた。

春の初めで教室の中は窓から差し込む光にも空気にも清々《すがすが》しさがあった。講義を聴いているのは女生徒ばかりで、男は私と落第したボクシング部員の二人だった。

私の頭の中は午後からのグラウンドでの練習のことで一杯で、体育会系の若者の身体のどこにも文学、小説の芽のようなものさえなかった。

それでもどこかしら文学、小説という気配の中に身を置いたことは後の私の人生に何かしらの影響を与えたのだろう。

どうしてそんな昔の記憶を書いたのか。

中島さんの小説について、彼女の作品から漂ってくるものを探っていると忘れかけた階段教室の中に揺れる光や空気があらわれた。どうしてだろうか。そんな描写が書いてある作品はひとつとしてないのだが……。

中島さんとは面識はないのだが、ご本人の知らない場所で私は「FUTON」という作品を手に取って眺めたことがあった。

つい昨日のように思えたが、今、年譜を見てみると四年もの歳月が過ぎていた。

その日、私は古くから知己の編集者のYさんと二人でどこかに出かけていた。車窓からたわわに実った稲穂が風に揺れていたから秋の盛りか、初めだったのだろう。その夏、Yさんは父上が亡くなられ、葬儀の後で彼が故郷の畦道《あぜみち》をとめどもなく歩いた話を車中で聞いた。淡々と父上との時間を話される口調から、どこか後悔のようなものが伝わってきた。どうしようもできない人の死とそれを見つめざるをえない男が、秋の陽にかがやく豊穰《ほうじょう》の稲の海の中を歩いているうしろ姿があらわれた。実る季節と、朽ちる季節がいつも同時間にある私たちの生を、私もYさんも何となく見つめていたような午後だった。

私たちは酒を呑《の》み、さして夜が深くない時刻に別れた。別れ際にＹさんから、

「これ私の親戚の娘が書いたんです。よろしかったら……」

　とさりげなく紙袋を渡された。

「それはまた大変だね」

「そうですね。大変でしょうね」

紙袋はほど良い軽みで、詩集かしら、と思った。娘さんと聞いたから詩人であれば救いもあるようなないような気もするが、それは小説だった。

人から本を渡されるということは大変なことである。本は金を出して買い求めるものである。買い求めるの、求めるが実は読書の肝心で、一冊の本を手に取る動機というものは人間のかなり繊細、デリケートな感情によるもので、そこに読書の核があると私は思っている。他人は知らぬが本は姿勢をただして読むものである。

　小説とわかってすぐには読めず、しばらく仕事場の棚に置いていた。海外の取材旅行があり、その時、鞄に入れて出かけた。時間があり、読みはじめた。自ら買い求めたものではないので、正直、期待していなかった。

　読んでみると、違っていた。「ＦＵＴＯＮ」にはかがやくものがあり、いい時間を頂いたとＹさんに礼を言った。よくは解らない箇所もあったが荒削りの中で光ってい

たものの印象だけが残っていた。

その後、中島さんの作品を二度読む機会を得た。「イトウの恋」という作品の或る一節に感心した。羨《うらや》ましいくらいの一節で、この作家を支持する読者の幸福のようなものを感じた。「イトウの恋」はイザベラ・バードというイギリス人女性の日本の北の地への旅の記録がベースになっている。以前読んだ「FUTON」は田山花袋の「蒲団」が下敷になっていた。

どちらの作品からもこの作家の目のたしかさが伝わってくる。たしかさとは曖昧《あいまい》な言い方だが対象を見るのに核心に近いものを捉えているように思えた。小説家としてのこれは才能である。

そこで階段教室の光や空気に話が戻るのだが、田山花袋、イザベラ・バードも一人の作家が教室で思いを巡らせた憧憬《しょうけい》の生み出した光なのではないか。そうであるならこの作家は小説家になるべく空想、妄想……創造の時間を重ねていたことになる（違うかもしれないが……）。

『さようなら、コタツ』には七篇の短篇が収められている。読者はそれぞれの作品で愉しむことができるだろう。

私は「ハッピー・アニバーサリー」と「私は彼らのやさしい声を聞く」に好感を持

った。前者は同性愛の設定をさりげなく書きすすめている。そこが小説家のセンスに思える。後者は題名にあるやさしい声の主が姉妹のように思えたところに中島さんのあやういものを探る手の当たりの良さを感じた。

中島さんの作品で私が時折、目を留めさせられてしまうところに、人間のなすことを決めつけない点がある。おやおや、こうするのか、しかしこれが生身の人がすることなのかもしれない。それが生なのかもな……、と読む者をちいさく頷《うなず》かせる。こういうのはあんまりあってもいけないのだが、まるでないとなると自分は今何を読んでるんだと怖くなってしまう。

表題作になっている「さようなら、コタツ」はユーモアに富んだ作品で、山田伸夫君が部屋に来ようが来まいが、展開を越えた読みごたえのある作品になっている。彼女独特の感情的文体は読者を十分に愉しませてくれる。

あとの作品も中島さんにしかない世界を愉しめた。好きな短篇が二作あれば、短篇集はそれで十分に思う。

中島京子さんが登場し、どんな世界を私たち生徒にプレゼントしてくれるか、大いに期待する、とっても熱い夏だった。

二〇〇七年八月末日

初出

ハッピー・アニバーサリー　「ウフ．」二〇〇四年十一月号
さようなら、コタツ　「ウフ．」二〇〇四年四月号
インタビュー　「ウフ．」二〇〇四年二月号
陶器の靴の片割れ　「ウフ．」二〇〇五年三月号
ダイエットクイーン　「ウフ．」二〇〇四年八月号
八十畳　単行本刊行時書き下ろし
私は彼らのやさしい声を聞く　「ウフ．」二〇〇五年一月号

この作品は二〇〇五年五月、マガジンハウスより刊行されました。

集英社文庫

さようなら、コタツ

2007年10月25日　第1刷　　定価はカバーに表示してあります。

著　者　中島京子《なかじまきょうこ》

発行者　加藤　潤

発行所　株式会社　集英社

東京都千代田区一ツ橋2-5-10　〒101-8050

電話　03-3230-6095（編集）

03-3230-6393（販売）

03-3230-6080（読者係）

印　刷　株式会社 廣済堂

製　本　株式会社 廣済堂

フォーマットデザイン　アリヤマデザインストア　　マークデザイン　居山浩二

本書の一部あるいは全部を無断で複写複製することは、法律で認められた場合を除き、著作権の侵害となります。

造本には十分注意しておりますが、乱丁・落丁（本のページ順序の間違いや抜け落ち）の場合はお取り替え致します。購入された書店名を明記して小社読者係宛にお送り下さい。送料は小社負担でお取り替え致します。但し、古書店で購入したものについてはお取り替え出来ません。

© K. Nakajima 2007　Printed in Japan

ISBN978-4-08-746223-4 C0193